The Story of Shen Lan

深蓝 —— 著

深蓝的故事

新星出版社　NEW STAR PRESS

图书在版编目（CIP）数据

深蓝的故事／深蓝著．——2版．—北京：新星出版社，2020.6（2023.12 重印）
ISBN 978-7-5133-3962-9

Ⅰ．①深… Ⅱ．①深… Ⅲ．①故事-作品集-中国-当代 Ⅳ．①I247.81

中国版本图书馆 CIP 数据核字（2020）第 009336 号

深蓝的故事

深蓝 著

出版统筹：姜　淮
责任编辑：白华召
责任校对：刘　义
责任印制：李珊珊
装帧设计：冷暖儿

出版发行：新星出版社
出 版 人：马汝军
社　　址：北京市西城区车公庄大街丙3号楼　　100044
网　　址：www.newstarpress.com
电　　话：010-88310888
传　　真：010-65270449
法律顾问：北京市岳成律师事务所

读者服务：010-88310811　service@newstarpress.com
邮购地址：北京市西城区车公庄大街丙3号楼　　100044

印　　刷：北京美图印务有限公司
开　　本：910mm×1230mm　1/32
印　　张：8.75
字　　数：180千字
版　　次：2020年6月第二版　2023年12月第四次印刷
书　　号：ISBN 978-7-5133-3962-9
定　　价：42.00元

版权专有，侵权必究；如有质量问题，请与印刷厂联系调换。

序言

对不起，我是警察

1

2016年12月，一个偶然的机会，我看到了网易·人间栏目的征稿启事。

思索再三，抱着试一试的态度写下了第一篇故事，初稿干枯刻板，如同结案报告般，只有寥寥两三千字。

没想到，三天之后的一个下午，我接到了诗如编辑的电话，她详细询问了我文章的有关内容，并指导我如何把故事书写完整。

又经过三天的修改，我终于磕磕绊绊地写完了我的第一篇故事。

22日傍晚时分，当我第一次在网上看到了自己的文章时，激动之情难以自持。

2

我祖籍山东，曾任职于湖北某公安机关基层派出所，后在武汉某高校攻读法学博士学位。

入职之初，由于所学的专业与公安工作尚有差距，我曾以为自己会留在机关任职，做一名"朝九晚五"的制服公务员。但没想到，进入单位后，我被分配到了最为基层的岗位——派出所——成为一名基层民警。

工作辗转于小偷、失足女、瘾君子、赌徒、杀人犯之间，日复一日的是做笔录、抓捕嫌疑人和处理各类案发现场。

新鲜感过后，我开始困顿于现实。一是的确很明显地感受到一线警务工作的强度和压力，二是对自己所处理的一系列人与事产生各种不解。

不断地发现"坏人"，然后抓捕、做材料、送拘（拘留）或送看（看守所），继而又不断地有新的"坏人"出现；掀掉一个赌场或色情场所，马上就又有一个新的赌场或色情场所出现。

无论如何严防死守或者严厉打击，各种人间悲剧却并未减少太多。

如果仅仅是对于我自己的人生，这份工作的意义究竟在何处呢？

3

上班之后,我发现"和稀泥"是派出所里解决问题最常用的办法。

开始时,我单纯地以为,同事们总爱"和稀泥"是怕麻烦,后来才发现,事实并非如此。

两个打架的人,全部拘留的办案时间不超过一个小时,但进行治安调解,往往会消耗半天的时间和精力。一次,一对夫妻一周内因琐事在家打了三架,也闹到派出所三次,见不得同事们反复调解,我终于下定决心将二人全部依照《治安管理处罚法》拘留。结果二人的矛盾不但没有因受到治安处罚而化解,反而愈演愈烈,终于在结束拘留后不久的一个深夜,丈夫向妻子举起了尖刀。

事后,丈夫在询问室里说,就是那一次拘留,在他的"行为档案"上记下了浓重的一笔,更断绝了他与妻子和解的可能,他将前途尽墨归过于妻子的斤斤计较,所以痛下杀手。

做完笔录,我有些自责。

想起之前同事对我说的一句话:"依法处理其实最简单,但能否真正解决问题却不好说,因而我们的工作本着尽可能化解矛盾而非激化矛盾的目的,做了太多不该我们做的事情。"

4

前往学校报到之前，公安局政委曾找我谈话，建议我读书期间如果时间宽裕，最好能够把之前所经历的事情都记录下来，尽可能也应该能让这些故事发挥更多的社会效应。

每一名基层民警都是一本关于生活的百科全书，经年累月地经历着各色人生悲喜。我们既是看客，又参与其中，时间一长，便能在一个故事中看到另一个故事的影子。

不一样的人生总会有些许相类似的经历，也许悲剧更具穿透力。用真实的故事惊醒现实的迷茫，也许就是警察这份职业的意义所在吧。

"公安工作的目的不应仅限于惩处一时一事的罪恶，更应负有以真实案例教化人心、宣扬正气之责任。"我时常想起政委的这句话，既是嘱托，也是命令。

5

当警察之前，印象中的公安工作，就是港片中张家辉的"放下枪，我是警察"，但当警察之后，现实中的公安工作却成了梁朝伟的"对不起，我是警察"。

一位憔悴的女子向我求助，请求我帮助她摆脱母亲无处不在的控制。我问她需要我做些什么，她求我逮捕她的母亲，我不可能满足她的要求。后来，她真的疯了。

一位做好事救人却被讹诈的商人，求我默许他对讹诈者"以牙还牙"，我明知他的委屈却不能默许，眼睁睁地看着他为自己的见义勇为付出巨额代价。

我很想对他们说"对不起"，但却说不出口，因为那时我感觉自己也同样无助。我只好把他们的故事记下来，写成《"任性"的母爱》《好人难当》两篇文章，聊以抒发心中的愤懑。

6

后来，我开始相信因果报应。

张得胜是辖区里的一名"老赖"，被人们蔑称为"二球"。他常年混迹于街头的麻将馆，靠四处耍赖、偷盗和"碰瓷"为生。

我们尝试过在法律层面上把他打击掉，但无奈想尽了办法，却动不了他丝毫。张二球凭着自己一身的痼疾和铁打的脸皮不断与我们周旋，过着赖一天是一天的生活。

张得胜善于钻法律的空子，他得意地称这是"弱者的生存方式"。

为了他，我不断地翻阅各类法条，想从中寻找能够将他绳之以法的办法，然而，在我几乎要失去信心的时候，他却以一种戏剧化的方式受到了惩罚。

他在"碰瓷"的过程中遇到一名比他更赖的"老赖"，张得胜转眼间变成了受害者,连本带息品尝到了被"赖"的滋味。

一名将讹诈医院当作财路的职业医闹,重病之后也被妻子当作讹诈医院的工具,落得个死无葬身之地的下场。

一名把孙子宠成"爷爷"的爷爷,毫无底线地包容熊孩子的一切行为,最终却被骄横的孙子推下楼梯,摔成了植物人。

一对各怀鬼胎的青年男女,妄图用自己的谎言骗来一场理想化的婚姻,最终却发现,这个世界谁都不傻,自己施害的同时也成为受害者。

……

英格索尔曾经说过,"幸福不是奖赏,而是结果;苦难不是惩罚,而是报应"。

作为一名法律工作者,我不该妄谈"报应",但我写下《"碰瓷"者的下场》《生也医闹,死也医闹》《要命的熊孩子》和《谁骗了谁的婚》四篇故事,只想告诉人们,这个世界真的是"种瓜得瓜,种豆得豆"。

7

也曾有一起案件让我心怀惭愧却又无力挣扎。

2015年5月,一起恶性电信诈骗案件中,一个向诈骗集团倒卖公民个人信息牟利的团伙被举报。但当我们进入这个团伙位于一个小区的窝点时,却发现对方只是一个安详的三口之家。

一瞬间，我们怀疑过情报出错，但随后调查中从他们家中电脑上查获的200G公民个人信息证实了举报的真实性。夫妻二人用各种方式获取了这些公民的隐私信息，再利用网络销售出去以获取报酬。

女主人说他们只想攒钱给即将参加工作的女儿买辆代步车，却没有意识到问题的严重性，一直和民警商量能不能"少罚点款"。她不知道，在他们通过售卖公民个人信息获利6万元的背后，是11个家庭和单位被诈骗900余万元的滔天罪恶。

我们铐走夫妻二人的时候，他们的女儿，一名大四学生用绝望的眼神看着我们。我试图去劝慰女孩子，她却惊恐地关上了房门，并把自己反锁在屋里。

几个月后，此案告破，不久却听到了女孩子跳楼自杀的消息，我一时惊得目瞪口呆。原来，夫妻二人出事时正值女孩子报考公务员的当口，她已经通过了笔试、面试，却在政治审查中因直系亲属犯罪被取消资格，同样考取了公务员的男朋友也因此和她分道扬镳。

面对从22楼跳下的22岁生命，我曾一度惭愧，却又不知自己该惭愧什么。只好试着把这个故事写下来，用以告诉后来人——你的背后还有你的家庭。对于世界来说，你只是芸芸众生中的一员，但对于你的亲人来说，你却是整个世界。

8

上班之后，我努力回忆从小到大看到的影视剧中的警察形象并试图模仿他们，但实际效果却不好。

第一次110出警，面对被群众当场抓获的惯偷，我像木头一样呆站着不知该说些什么，最后在同事惊异的目光中憋出一句："大哥，偷东西不对……"

第一次处理自杀现场，我被上吊者因绳子突然断掉而坠落的脑袋当场吓哭……

第一次追捕偷电动车的蟊贼，我情急之中选错了交通工具，踩着环卫工的三轮车跑得自己"丢盔弃甲"……

第一次带犬巡逻，巡逻车前排的同事装容齐整，巡逻车后排的我撩拨警犬，然后和它打得鸡飞狗跳……

师父宋警官说："你一定得把你做的这些事儿都记下来。"我问为什么，他说他要拿去做典型案例，去教育以后的徒弟。

但真正决心写作，其实是从一个人开始。

那个女孩是一名大学生，也是一个瘾君子。她的男友早前因吸毒被我们上了"常控"，两人投宿时触发警报，她也在之后的尿检中查出甲基安非他明（俗称冰毒）"阳性"反应。

她在我的硕士母校就读大三，深爱着她那做混混儿的帅气男友。她说自己吸毒是为了帮助男友戒毒，男友会对她不离不弃。

她哭着恳求我不要通知她的学校，她承诺自己会戒掉自己的毒瘾。

后来，我和她的父母都在全力帮她戒毒，我们想了很多方法，但不幸的是，那些努力最终都没有成功。

她曾一次次发誓，一次次宣称自己戒毒成功，她的父母也一次次向我登门致谢，我一次次深感欣慰自豪。但时隔不久，她却又一次次地复吸。

终于，她放弃了自己，在2015年一个夏日的傍晚，留下一张字条后离家出走，至今杳无音信，留下了白发苍苍的父母和一个几近破碎的家庭。

她的男友依旧在吸毒，并不断更换新的女友，经常在街面上招摇过市。

一段时间，我刻意寻找那个混混儿，然后将法律赋予我的自由裁量权在治安处罚层面发挥到极致。我不奢求他能够戒毒，只希望尽可能地让他在拘留所和强制隔离戒毒所之间往返，不要再来祸害其他无辜的女孩。

但我的计划似乎并未奏效，依旧有懵懂的女孩子为他前赴后继，甚至充当他的毒资来源。

"她们傻吗？"我问同事。

"也许是没有亲身体验过'那东西'（毒品）的危害吧。"同事说。

那是一条很难回头的路，我不能让她们去亲身体验，但可以把那些故事告诉她们，希望别人的真实故事可以震撼到她们。

9

不知不觉，我已经在网易·人间栏目写了接近一年的非虚构故事。

感谢网易·人间栏目的各位编辑同志，她们不但指导我提升写作技巧，同时在日常的聊天中不断激发我回忆起那些逐渐生疏的记忆，并从中寻找出好的题材。

我会继续写下去。

近段时间，几位读者朋友联系网易·人间栏目组，希望能够和我在现实中做进一步的交流，但由于工作原因，也基于保护文中人物隐私的考虑，我既不能在文章中公开我的身份，也无法在之后的公开活动中露面。

因此，只好在这里先向各位读者朋友致歉。

但请您相信，我就在您的身边，在静谧安详的小镇街头，在忙碌熙攘的城市道口，在每一个午夜时分悬挂着深蓝色灯箱的派出所值班室。

我是深蓝，200万人民警察中无比普通的一个。

2017年10月27日　深蓝

目 录

序言 / 1

报告阿sir，杀人犯想做刑侦特情 / 1
"任性"的母爱 / 16
好人难当 / 30
生也医闹，死也医闹 / 46
就怕真的把领导告倒 / 60
吊死在儿子饭店门口的母亲 / 73
"公务员考试社"社长的歧路 / 87
再也娶不到好妻子的官二代 / 100
我的父亲是毒贩 / 113
凭什么要我管我妈 / 125
儿子要杀我，这不怪他 / 140
"碰瓷"者的下场 / 152
谁骗了谁的婚 / 166
要命的熊孩子 / 178

我的朋友是赌徒 / 192

被全家人逼着去卖身的女孩 / 207

插他两刀的兄弟 / 223

父母犯了罪,一切都完了 / 237

为了利益,断了兄弟手足 / 250

声明 / 266

报告阿sir，杀人犯想做刑侦特情

1

2012年5月，我还是河西社区的一名社区民警。一天午后，街道办事处的老张领着一名年轻人来派出所找我。

"这是小忠，5月初刑满释放，需要办理入户登记和重点人口登记。"

我打量了一下小忠，他浓眉大眼，长相颇为周正，一眼看去，很难把他和罪犯联系在一起。

"个人基本情况说一下。"

"报告警官，我叫马×忠，现年31岁，本市人，1997年因故意杀人被判无期徒刑，一直在沙洋服刑，今年5月减刑出狱，现来找警官报到。"小忠立正站好，一字一句地报告。

我准备处理老张递来的材料，发现小忠还笔直地站着，便打发他去对面的照相馆拍几张登记照。

小忠离开后,我打趣:"张科长,你一驾临我就知道没啥好事儿,我这个社区本来就忙,你还给我添麻烦。"

老张略带委屈地说:"这政策上的事儿,哪是我说了算的。小忠入狱前户口就是咱这儿的,不然,你以为我想要啊。"

我苦笑着点点头。"他当年犯的啥事儿你清楚不?"

"听说他把他后爹砍死了,不过话说回来,那姓覃的也是活该,一搞粉子(海洛因)嗨起来就像疯了一样,打砸抢是常有的事儿,四邻八舍都怕得要命,更何况小忠母子俩了。"

"你是不知道啊,当年他和他妈经常被姓覃的打得不敢回家,而且姓覃的只要被派出所处理,就认为是小忠和他妈举报的,回家之后他们肯定逃不了一顿暴打。后来小忠实在忍不了了,就把姓覃的给砍死了。"

听老张这么说,我心里泛起了些许同情。"那他这是身不由己,也算为民除害了吧。"

老张"嘿嘿"两声,没回答。

2

小忠入狱的第八年,他母亲在一场交通事故中离世,给他留下了22万元的赔偿款。

出狱后,小忠拿出3万元给母亲重修墓地,打算用剩下的钱开家餐馆。为了方便管控，我要求他把餐馆开在河西社区内，并帮他找到了合适的房源。

为了表示感谢，开业那天，小忠要请我吃饭。刚开始他有些腼腆，酒过三巡后气氛转暖，我借机问起他当年的事。

"我幼年丧父，母亲带着我改嫁，继父是个木匠。他是个不错的继父，除了供我上学，还在市里买了套新房子。"

然而，1994年小忠的继父因交友不慎染上毒瘾。他先是吸光了积蓄，后又卖了房子，再到后来，整个人变得神志不清，经常暴打小忠和他妈妈。

1997年，小忠的继父吸毒后将妻子捆在椅子上殴打，看到母亲满脸鲜血，奄奄一息，小忠捡起斧头向继父砍去……

"十几年过去了，你还恨他吗？"我问。

"我已经把他宰了，自己也在局子（监狱）里蹲了15年，是人这辈子最宝贵的15年。现在想开了，也就没有什么恨可言了。"小忠点了一根烟，面色沉重。"我恨的是那些引他吸毒，卖他毒品的人。我们全家都被他们毁了！"

"警官，你猜我小时候的理想是什么？"没等我接话，小忠开始自言自语，"说来你可能不信，我小时候的理想是当警察。"

他笑得有些伤感。"出事那年我刚上高二，想考警院，可现在我却成了警察管控的重点人员。"小忠抬起头，眼圈发红。

3

种类繁多的检查给了我们交流的机会,休息的时候,我也常到他店里坐坐。慢慢地,小忠对我的称呼由"警官"变成了"阿sir"。

一次,小忠讲起了他在监狱里的往事,我脑海里突然浮现出一个人,就问他:"陈狗子你认识不?"

"哪个陈狗子?"

"后湖的,一米六多,五十来岁,2006年因为强奸罪在沙洋蹲了五年。"

陈狗子和一起毒品案件有关,此前一直被禁毒支队的特情跟着,但在收网之际,他却突然消失了。领导要求我们发动一切资源找他。

小忠点头。"以前,陈狗子和我关在同一个'号子'里,我还是他的'领导'呢。"

"现在和他有联系吗?"我赶紧追问。

"他早我大半年出狱,犯'花案'(性侵害案件)进去的,没人看得起他,一出来也就断了联系。"

"你要找他?"小忠试探着,"那我帮你问问?阿sir,具体啥事儿能透露一下不?"

"贩毒,"我盯着小忠,"这事儿注意保密。"

三天后,我正在所里办公,突然收到小忠的短信,只有八个字：狗在刘湾三组一号。

电话打过去，对方拒接。我赶紧向领导汇报，二十分钟后，我们荷枪实弹冲进刘湾三组一号，小忠正陪着陈狗子聊得热火朝天。为了保护小忠，民警也作势把他按倒在地。

4

毒品案告破的那天，我邀小忠来我家喝酒。席间，我问他是如何找到陈狗子的，小忠冲我狡黠一笑。"阿sir啊，你应该知道的，像我这种有前科的人，姥姥不亲舅舅不爱，只有两种人愿意和我们打交道。"

"警察和坏人呗，"我哈哈一笑，"不过你也得注意，如果狱友出来不走正道，你还是要和他们划清界限。"

"放心，我心里有数，局子里的环境比现在复杂多了，我不也顺顺当当过来了嘛。"

席毕，我去厨房收拾碗筷，出来刚好撞见小忠穿着我的警服在自拍。这违反了相关规定，我厉声让他把照片删掉。

小忠失落地删照片，我不知该如何宽慰他，只好打哈哈："以后你想穿警服过把瘾，可以随时来家里，但进门前要先把手机上交哈。"

小忠抿嘴一笑。

他临走时，我拿出公安局批的特情经费和破案奖金。"2000

块钱不多，你开饭店也没啥生意，拿去补贴一下生活。"

小忠坚决不要，我以为他是客气，小忠却掩上房门说："阿sir，其实发现陈狗子的时候，我只需要在远处给你打个电话就行，根本没必要冒险进他屋里。你知道我为啥要进去吗？"

"为啥？"

"我就想亲眼看着这帮贩毒的王八蛋被警察抓走！"

5

陈狗子被绳之以法后，小忠对提供犯罪线索这件事就越发上心了。

在搜集信息这方面，他的确有"得天独厚"的优势——身份是"两劳"（劳动改造人员和劳动教养人员）释放人员，辖区里的不法人员对他少有防备；开了一家小饭馆，常有本地的狱友来蹭吃蹭喝，聊天中总能漏出点小道消息。

小忠把一些他感觉有分量的消息整理好交给我，我有需要的时候，就按照他给的线索去抓人，基本不会扑空。但我也担心小忠的安全，就劝他少和那些人打交道。

小忠总说不要紧，他爱看《无间道》，经常对我说："我就是陈永仁。"

"别，陈永仁最后挂了，你别学他，还是好生活着吧。"

2013年年底，我调往市局刑侦支队任职。临走前，我来到饭店跟小忠告别。聊了一会儿,我准备告辞,小忠却突然拉住我,"阿sir,想求你件事儿。"

"啥事儿?"

"你现在调去刑警队了,你看,我能不能给你当个正式的刑侦特情?"

"你港片看多了吧,内地的特情人员比不了香港的线人,那点特情费还不够你喝几顿酒的呢。想赚钱,好好开你的饭店去。"

"我不要特情费。"小忠急忙解释。

其实,我不是没有考虑过,但最后却否定了这个想法。因为职业特情不是警察,除了人身安全缺乏保障外,他们还会受环境的影响——一旦没有把持住,很容易沦为犯罪分子的同伙。

如今,小忠已经走上了正途,开启了新的人生,我不愿让他再涉险了。

6

2014年10月,我参与了一起部督(公安部亲自监督、必须侦破的案件)毒品案件的侦破工作。有情报反映,嫌疑人老猫刚从边境进了一批"货",准备转手。

老猫是个老毒枭,他曾三次被抓,都因证据不足逃脱法网。他为人狡猾,从不把货放在身边,一旦感觉到风险,就会毁货自保。

上级要求我们这次行动要"打准、打狠、打死",除掉这个危害江汉平原十几年的"毒瘤"。但老猫行踪诡秘,为人多疑,一般的特情员跟不上他,所以他的藏毒点仍旧未知。

这起案子让我焦头烂额。那天,小忠约我晚上一起喝酒,我本想推辞,可他说自己谈了女朋友,打算结婚。"想给你介绍一下,帮我把把关。"

小忠的未婚妻是个湖南姑娘,离过婚,带着一个三岁的孩子。晚饭时我跟小忠开玩笑:"祝贺啊,你这一步到位,老婆孩子全有了。"

因为心里挂着案子,喝酒的时候我一直走神,小忠见状,对未婚妻说:"你去客厅看会儿电视,我和阿sir有点事儿要说。"

"你有啥事儿?"姑娘走后,我问小忠。

"你有啥事儿?"

"我没事儿啊。"

"别装了,吃顿饭都魂不守舍,我女朋友的名字跟你说了三次,你都记不住。"小忠把脑袋伸过来,神秘地说,"是为了老猫吧。"

我心中猛的一震,立即警觉地盯着小忠,但随即意识到这样做无疑是肯定了他的猜测,急忙收回目光,装作无所谓的样子。可是已经来不及了。

这次行动关系重大,上级要求绝对保密,一旦泄露,我们的侦查工作就要功亏一篑。我当时恨不得抽自己几个耳光。

我们两个都不说话了，客厅那边传来了电视剧的声音。

"他把毒品藏在白×乡。"小忠率先打破了沉默。

白×乡尚在我们的侦查范围之内，我抬起头看着小忠，心中一团乱麻。

"相信我，阿sir，我要做陈永仁。"小忠坚定地说。

眼看瞒不住，我心一横。"把你知道的都告诉我吧，但如果消息出了这间屋，咱俩就一起玩儿完。"小忠说，消息是一个名叫阳阳的混子前天在店里喝醉了走漏给他的。2013年年底，毒枭老猫欠了阳阳的大哥阿东二十几万元赌债，躲了起来。一周前，阿东在沙市找到了老猫，逼他还钱。老猫被打得实在受不了，就说出自己刚进了一批货，出手后会立刻还钱。可阿东担心老猫忽悠他，就逼老猫带他们去看货。

刚开始老猫不肯，最后实在是怕被人打死，就带他们去了白×乡汉江边的一处浅滩。

"好家伙，那老猫从地下挖出来整整一麻袋'果子'（毒品麻古）！"醉醺醺的阳阳跟小忠感叹。

小忠劝我赶紧抓人。我摇摇头。"一来，你没有亲眼看到那些毒品埋在哪里，稍不留意惊了老猫，这起案子就办不下去了；二来，我们这次不但要扫货，还要'搞人'，必须在老猫出货的现场抓他。"

"好的，我知道怎么做了。"小忠淡淡地说。

我心里咯噔一下，连忙劝他到此为止，不要掺和进来。"你能提供线索已经很不错了,一旦查实,我肯定给你报功。但老猫这次是冲着'要么发财、要么发丧'来的,你快结婚了,好日子等着你呢,何必跟亡命之徒以命相搏。"

小忠笑了笑。"我就想和他玩玩命,看究竟谁的命硬。"

我依旧不同意,但小忠说不管我同不同意,他都要掺和。"要是你不答应,我就去找其他民警。"

就这样,小忠卷入了一场本不属于他的战争。

7

我立即向领导汇报。因为小忠曾在陈狗子一案中有贡献,所以领导暂时没有追究我的责任,而是指示我:"要看好、用好、保护好特情员小忠。"

第二天,小忠便去投奔阳阳的大哥阿东,声称要跟着东哥发财。因为小忠背着杀父的狠名声,阿东收下了他。

一段时间后,小忠主动要求去帮阿东追债。"想做点业绩,好提升在兄弟们当中的地位。"正好马仔们盯烦了老猫,阿东便答应了。

就这样,小忠来到了老猫身边,与他同吃同住,监视他的一举一动。

老猫的行踪源源不断地从小忠那边传来。从老猫和什么人见面,去哪里嫖了娼,到他生了什么病、吃了什么药……事无巨细,小忠都用短信汇报。一份发给阿东,一份发给我。

有时老猫质问小忠给谁发信息,小忠就把手机扔过去,黑脸骂:"你个老东西,老子给东哥发短信汇报你的表现。东哥说再不还钱,就把你扔到汉江里喂鱼!"

"你们整天跟着我,我怎么还钱?"

"我管你怎么还钱,反正春节前还不了钱,你就死到汉江里去吧!"

2015年春节,是老猫的最后还钱期限。1月中旬,他终于决定冒险出货。几个月来,阿东步步紧逼让老猫乱了方寸,他不再像以前那样谨小慎微,而是选择了拿钱速度最快,风险最大的交易方式——现场钱货两清。

小忠把他们交易的时间和地点发给我。收到短信的当晚,整个专案组都处于巨大的兴奋之中,省厅的一位领导甚至当场表示:"破案之后,我要以个人名义给小忠发一万元奖金。"

阿东派小忠全程监督老猫交易,防止他携款逃跑。而狡猾的老猫把交易时间定在白天,因为埋毒地点处在汉江浅滩,周围没什么遮蔽物,公安机关无法设伏。

好在有小忠提供的信息,专案组决定使用无人机跟拍交易过程,还从武汉调来了两台改装过的"大疆精灵"。技术部门也提前赶往交易地点安装了密录设备。

万事俱备,只等第二天老猫和买家现身。

8

我们抓捕老猫的过程十分顺利。当老猫被按倒在地的时候,他还一个劲地叫嚣:"警察打人了!你们凭什么抓我?你们这是滥用职权,我要去告你们!"

我们现场展示了无人机拍摄的高清交易画面,画面显示,老猫似乎想让小忠去挖毒品,但被小忠踢了一脚,老猫只好亲自把麻袋从地里挖了出来。

"袋子里装的是什么?!"我问老猫。

"我不知道,这能证明什么?我身上什么都没有,不信你们来搜,搜啊!"

与此同时,另一组民警在距离我们几百米远的汉江大桥停车场设伏,抓捕对象是前来提货的甘肃毒贩。原计划是在毒贩携带毒品进入停车场后将其制服。

我们焦急地等待对讲机里的消息,却突然听到远处传来一声清脆的爆炸声,接着是第二声、第三声。开阔的汉江滩涂没有遮蔽物,声音直接震着我们的耳膜。

"不好,那边响枪了。快去增援!"带队领导一声令下,除了四人留下看守老猫,其他人全向枪声传来的方向奔去。

我跑在最前面,冲锋枪坠得我后脖颈生疼。枪声已经沉寂,只听见对讲机中同事在喊:"有人受伤。"我心中很不安,因为小忠跟着甘肃毒贩去收款,一旦我们行动曝光,他面临的危险最大。

当我们赶到大桥停车场时，甘肃毒贩已被制服，公路边有一摊血，弹壳散落在地上。

我扫了一眼人群，没发现小忠，急忙大呼他的名字，却没人回应我。现场的同事说："他中枪了，已经被送往医院。"

同事说，本来一切顺利，设伏民警在停车场内张开大网，只等毒贩走进去。然而就在毒贩要踏进停车场大门的时候，一个女人突然出现了，她对着收费亭里化装成工作人员的民警大喊："你是干什么的！你怎么在我的收费亭里？"

这一声大喊在安静的停车场如同惊雷，警觉的毒贩立即意识到收费亭有问题。他收住了脚步，而那个女人还在不依不饶地质问收费亭里的民警。

指挥长看事态有变，命令提前行动。收费亭里的民警离毒贩最近，他立刻冲了出来，但那名毒贩突然从怀中掏出了手枪，千钧一发之际，毒贩身旁的小忠猛地扑上去抢枪……

争抢中，毒贩开了两枪。第一枪打在小忠的腹部，第二枪打在小忠的胸部，民警赶来开了第三枪，击中了毒贩的肩膀，随即将其制服。

"那个女收费员本来说今天请假不来了，保密起见，我们就没跟她交代。结果中午她突然来岗亭里拿东西，外围同事来不及阻拦，她已经骑着电动车冲到了收费亭前面。还好没伤到她，小忠是好样的。"同事说着说着就哽咽了。

我立刻赶往市医院，一路上不停地祷告："小忠，你千万别做陈永仁。"

然而，一切都晚了，手术室的医生出来说："我们尽力了，一枪打在肝上，另一枪正中心脏……"

护士们在收拾抢救器械，小忠就静静地躺在床上。我哭着喊他的名字，他不答应，护士把我拉开，我愤怒挣脱，要去找毒贩和那个没眼力见儿的泼妇算账。

同事把我摁在椅子上。"做我们这行的，要随时准备着。"

我气急败坏地吼道："小忠不是警察，他没有这个义务！"

9

小忠的追悼会上，湖南姑娘来了，社区干部来了，派出所和专案组的民警来了，小忠的一些狱友也来了。

在告别大厅里，我和同事们一同举起右手，向小忠敬礼。那一刻，他不再是一名"两劳"释放人员，不再是派出所重点人口，是我们的战友、兄弟。

湖南姑娘为小忠守灵一个月，她临走前把小忠的10万元存款交给我。"我和小忠还没来得及登记结婚，不能继承他的遗产。"

我说："你收着吧，小忠除你之外，没有别的亲人。用这笔钱好好抚养孩子。"

由于证据充足，三个月后，老猫和甘肃籍毒贩被送去了该去的地方。阿东一伙也被依法惩处。为害江汉平原十几年的毒瘤被连根拔起。

2015年5月,在各方推动下,我市拟将小忠饭店建设成为"回归人员再就业基地"。小忠的事迹也要被记录下来。

整理遗物时,我在他的电脑里发现了一个隐藏文件夹,里面只有一张名为"马sir"的图片。我好奇地打开,发现是一张自拍。

照片上的小忠,身着警服,露出淡淡的微笑。他的声音在我耳边回响:"相信我,阿sir,我是陈永仁。"

"任性"的母爱

1

2015年1月的一个凌晨,我被指挥中心转来的电话惊醒,一个女人报警称自己遭受家暴。

到达现场,一个30岁出头的女人正站在楼下。寒冬腊月里,她只披了一件薄薄的棉衣,光脚穿着一双布拖鞋。

"是你报的警吗?"我问。

女人点点头,带我们上楼。来到家门前,我示意她敲门,她却用祈求的目光看着我,于是我就上前敲了两下。

"日你先人个板板……你还敢回来?"一个男人拎着擀面杖开了门,见是警察,连忙扔掉擀面杖,转眼间就挤出个笑脸。"哎呀警官啊,没事儿,我们闹着玩呢,没事儿……"

"大半夜玩擀面杖啊?"同事说。男人似笑非笑地"嘿嘿"两声,把我们让进了屋。

这是一起由家庭琐事引发的治安案件,因为事实明了,双方又是夫妻,我们打算做现场调解处理。

报警的女人名叫小璐,被打的原因是她丈夫单位有个公派出省的机会,一去半年,酬劳很高,小璐劝丈夫前往,但丈夫不同意,双方一言不合吵了起来,之后丈夫动了手。

"他说,我让他出去上班,就是为了支走他,好在家里偷人……"小璐边哭边说。

"你让我出去,不就是想在家里偷人?"小璐的丈夫不依不饶。

"偷不偷人,警察不管,再敢动手打人就抓你!"我们连吓唬带说和,最后双方表示愿意调解。

只是,小璐的丈夫在调解书上签字时,小声嘀咕了一句:"妈的,这年头,打老婆警察也要管。"所以在回派出所的路上,同事说:"我觉得,他家这事儿没完。"

2015年元宵节,早上8点,110指挥中心转警:"赶紧来,辖区里有人开天然气自杀。"

消防大队早一步赶到了,全楼住户被紧急疏散到楼下,这正是小璐的家。

楼道里弥漫着天然气的味道,房门紧紧反锁着,消防员费了九牛二虎之力才把门撬开。进屋后,我发现小璐躺在卧室的床上,已经陷入昏迷……

好在发现及时,经过一天的抢救,她终于醒了。因为开天然气自杀的行为危害了公共安全，小璐情况好转后，我到医院给她做询问笔录。

一个月之内两次报警，又开天然气自杀，做完笔录，我觉得有必要和她聊几句。小璐犹豫了一下说："警官，我的事情有点啰唆。"

2

1985年，小璐出生在一个干部家庭，外公曾是市里的领导，母亲也在单位担任领导职务。

"我的人生就是一场木偶戏，从小，我就生活在我妈的阴影里……"

从她记事开始，她的生活从吃饭穿衣，到升学择业，事无巨细全由母亲做主。实在想自己做决定，母亲却总将她的这种想法定义为"不孝""忤逆"。

"爸爸是上门女婿，又是沾了姥爷的光在单位提的干部，所以在家里，从来不敢对妈妈的决定说半个'不'字。"

小璐高考报志愿时，母亲指示她就近填报一所高校的油气专业。"学校好坏无所谓，离家近点儿就行，反正回来工作的事情已经给你安排好了。"

小璐思量再三，最终背着母亲填报了一所西安的名校，专业也没按母亲的要求选择"油气"，而是选了自己喜欢的艺术设计。

为此,她母亲大动肝火。"你反了天了,不听话就回来复读,想出去?门儿都没有!"

父亲为小璐说了两句话,立刻就被赶出了家门,在单位睡了两天。

虽然在亲戚和老师的劝说下,母亲最后勉强同意小璐外出求学,但这一切都是有条件的:在校期间,小璐每晚要准时与母亲视频;随时汇报自己的行踪,除此之外,还要接受母亲不定时的"突查"。

"你妈也是怕你一个女孩在外上学不安全,这个可以理解啊。"我插话。

"我理解,但很难接受。"小璐说,"四年大学,我妈去学校突查了200多次,除去寒暑假,平均一周一次,如果不是身负公职,她肯定会去西安陪读。那四年,我虽然人在西安,但从来没有感受过自由。"

即便是在学校,小璐的一举一动依然在母亲的掌控之下。

"她什么都管,每次来学校,先要检查我的手机,里面既不能出现和学习无关的事,更不能是空白。每月,她都要去营业厅调取我的通话记录,联系稍频繁的电话,她就要去核实对方的身份。甚至连我投票选班长,她都要过问。"

小璐毕业后,她的专业课老师邀请她和几个同学在自己开办的工作室实习。小璐母亲强烈反对,命令小璐马上拿着"三方协议"回家。

那段时间，小璐母亲正忙于竞争单位的二把手，自顾不暇，小璐这才得以在老师的工作室里工作了半年。

半年后，小璐的母亲晋升失败，便重新将注意力转回到小璐身上。小璐的设计生涯被迫宣告结束，带着满心的不情愿回了老家。之后，便在母亲的安排下，进入母亲所在的单位，接受"双重领导"。

"那时候，我对工作和事业已经死心了，我想，我这辈子再也逃不出我妈的手掌心了。我曾和她闹过一次，是有史以来唯一的一次，最后我妈说，她做这一切都是为我好，等我结婚了，她就不管我了。那时我真信了，所以就开始盼着结婚。"

3

虽然大学四年一直生活在母亲的"严防死守"之下，但青春靓丽的小璐依然吸引了不少追求者，同学小陈便是其中之一。

小陈是武汉人，算是半个老乡，毕业后他们一同进入老师的工作室实习。其间，暂获自由的小璐和这位俊朗、勤奋又执着的男孩相爱了。

小璐被迫回家后，小陈也紧随其后回到武汉工作，两人继续秘密交往着。

小陈的父亲是武汉的局级干部，母亲是中学高级教师。按理说，出身于"干部世家"的小璐母亲应当会满意这门亲事。然而，当她得知小璐恋爱的消息时却勃然大怒，歇斯底里地要求小璐马上分手。

我大感不解，小璐看看我说："开始，我也不明白，后来爸爸告诉我，妈妈反对这场恋爱的原因不是对方配不上我，而是她已经给我安排好了终身大事。她说，结婚这事，我不能自作主张。"

"然后呢？给你安排了现任丈夫？"

"对。"

小璐的公婆是母亲多年的同事，她公公还曾是母亲的下属，对她俯首帖耳很多年。按照小璐母亲的想法，女儿嫁入这样的家庭，无疑是"大权在握"，可以像自己一样，在家呼风唤雨一辈子。

小璐却从未向往过这样的生活，更令她难以接受的是，男方当年为了赶上单位子弟"退伍包分配"的末班车，初中毕业便匆匆入伍。参加工作后，在本地也是出了名的桀骜不驯。

为此，小璐和母亲争辩过，但母亲总是以她父亲举例，"学历低怎么了？学历低的人花花肠子少，你爸当年连工作都没有，现在不也过得很好。只要女人有本事做得了主，一点问题都没有！"

小璐拒绝接受母亲安排的婚姻，母亲认为，这是因为小璐还妄想和小陈在一起。于是她直接找到了小陈父亲的单位，一番无理吵闹后，小陈的父亲大怒，责令儿子"立刻与这家人撇清关系"。

小陈舍不得小璐,想上门把事情说开,没想到小璐母亲竟然直接从单位叫来保安,把他"护送"上了返回武汉的列车。

就这样,小璐反抗到2011年,再次妥协,嫁给了现在的丈夫。

4

新婚,一切还算平静。2012年,他们的宝宝出生。2013年,小璐母亲退居二线,交权之前,她想仿效自己父亲当年的做法,把小璐的丈夫扶上基层领导的岗位。

可是,时代风云已变,几轮民主评议下来,小璐的丈夫没能走上他梦寐以求的科长位置。小璐的噩梦,也由此开始。

婆家对小璐母亲在最后关头没能有效运作,感到十分不满。小璐的丈夫早就在单位以科长自居,竞选失败的羞愤让他把所有怨气都撒在了小璐身上。

先是冷战,之后他不知怎么得知小璐有一个前男友,便经常出言挑衅:"我怎么娶了你这么个二手货!"最后,直接发展成了肢体攻击。

"你母亲知道这些事吗?"我问她。

"知道,我第一次被打后,就跟我妈说要离婚,但她反对。"

"为什么?"

"她始终认为她掌控了全局,我的家庭结构她很满意。另外,她觉得是我故意和丈夫闹矛盾,想离婚去跟小陈过,她不能接受。"

2014年,小璐单位的效益大幅滑坡,职工收入也随之下降,她丈夫的脾气更加阴晴不定了,什么事都会怪罪到小璐头上。"如果当初我能当上科长,年底还有'兑现奖',手头也不会这么紧张。"

2015年年初,单位有高薪外派的工作机会,小璐劝丈夫报名,想不到却引发了他强烈的不满和猜疑。小璐直接被打出了家门。

也就是那次被打后,小璐思来想去,还是决定离婚。

元宵节的前一天,小璐回家和母亲商量,没想到母亲的火气比她还大。她把一切不顺都归罪于小璐"不肯听话"。

"如果当初不是你执意要去西安读书,我就不用每周请假去西安。如果不是屡次请假,我必然会给上级留下好印象,那四年前的提拔,我肯定能成功。如果当上了二把手,我就可以在退居二线前把你丈夫推上基层领导岗位,他们一家人会感恩戴德,那现在的一切,就都不会发生。"

另外,她还说:"如果不是你背着我去谈什么朋友,现在,也不会给你丈夫留下话柄。"

小璐被家暴,本想回娘家得到支持,结束这场失败的婚姻,可母亲的一番话,却让她感觉人生失去了所有继续下去的动力。回到家中,她打开了天然气阀门……

"警官,我真的好想脱离现在的生活,再这样下去,我真的活不下去了。"小璐哭了。

作为警察,这已经超出了我的执法范围,但作为普通人,我还是希望能为她做点什么。"这样吧,我有个同学在杭州开了一家青年旅社,等事情处理完了,如果你有意向的话,我给你打个招呼,你去那边散散心。"

5

十几天后,事情处理完毕,小璐跟单位请了假,踏上了前往杭州的列车。本来,小璐的母亲要陪同前往,甚至还规划好了行程路线,被小璐断然拒绝。

母亲不高兴,但女儿的现状在那里摆着,这关口,她也不敢强求。

转交小璐案件的家属回执材料时,我和小璐的母亲进行了一次交流。

小璐的母亲是一个相当强势的女人,即便已经退休,那副处级干部的气势仍在。她不止一次强调:"多年来,我一直把单位和家庭管理得井井有条。在我的有序安排下,单位获得了多少荣誉,家庭避免了多少危机啊。"

我问她:"安排有序,你女儿为何会出现这样的变故呢?"

小璐的母亲脱口而出:"谁让她不听我的安排!"

路过的同事听不下去了，冒出一句："你安排，你安排，你看你安排的么斯（什么）嘛，人都不得活了，你还安排？"

这句话激怒了小璐的母亲，她指着同事的鼻子吼道："你是什么人？你们所长都不敢这样和我说话！"

谈话不欢而散，临走时，我劝她："养大个女儿不容易，顺其自然吧。"

小璐的母亲没说话。

小璐在杭州待了一个月，其间我致电同学，询问情况。同学说她的精神状态很好，有时还帮忙做一些社工工作。

2015年3月，小璐从杭州返回。

"有什么打算吗？"我问她。

"想好了，先回来离婚，然后辞职，我想去开一家设计工作室，过自己想过的日子。你的同学还答应资助我，谢谢你，警官。"小璐兴奋地说。

"孩子咋办？"

"以前都是我妈带，离婚之后我要自己带，绝不再让她安排什么。"

6

小璐离婚的过程并不顺利。丈夫先是百般威胁，无效后低头求饶，最终两人是通过法院办理了离婚手续。

离婚后，小璐离开家乡，投奔了武汉的朋友，并在朋友的帮助下开了一家设计工作室。我的同学也履行了自己的承诺，为小璐提供了10万元的无息借款。

事情都在朝着好的方向发展，我们通话时，小璐更是憧憬着美好的未来。"等我安定下来，就把女儿接来武汉。"

2015年10月，一位小有名气的设计师走入了小璐的生活，二人由工作关系上升为朋友，又进一步发展为恋人。

此后，我与小璐的联系逐渐减少，但心里依旧担心，偶尔联系，我总问她："你妈妈有没有再干涉你的生活？"

小璐沉默一会儿。"别问了，我不想提她。"

我继续追问，小璐说她母亲最近一直神神秘秘的，父亲在电话里总是叹气，好像有什么话，想说又不敢说。

2016年3月，我在所里值班，突然接到报警。事发地又是小璐以前住的那个小区，我心里一惊，但转念一想小璐离婚后已经搬出去了，便放下心来。

然而进场之后，我却猛然看到一个熟悉的面孔——小璐的母亲。

这时我才知道，小璐的娘家也住这个小区，这大概也是小璐母亲的安排。

只见客厅里一片狼藉，小璐披头散发地坐在地上一动不动，她的额头高高肿起。小璐的父亲蹲在地上扶着她，她母亲则手足无措地站在一旁。

"怎么回事？"我急忙问。

小璐的爸爸向我们讲述了一切。

小璐离婚后，在武汉过了半年多的自由生活，但在这半年中，她母亲表面没说什么，但私下却十分不满。痛定思痛，小璐母亲认为是自己过去的安排不够好，因此这半年来，她一直悄悄地为小璐张罗婚事和新的工作。

工作方面，她动用自己过去的关系，在兄弟单位给小璐找了一份办公室行政的工作。她觉得"行政工作压力小又体面，适合小璐的性格"。婚事方面，她相中了林业局的一位中年丧偶的男士，"公务员工作和薪水稳定，个人素质也好"。

而这一切，小璐毫不知情。

2016年春节，小璐带设计师男友回家，想和父母说再婚的事。结果遭到母亲强烈反对，她连挖苦带讽刺，气走了小璐的男友，之后，把自己半年来的"新安排"和盘托出。母女再度发生激烈争吵。

小璐一怒之下返回武汉，不久之后却发现自己工作室账户内的29万元资金不翼而飞。几经查询，她才知道，是母亲猜出了账户密码。

为了逼她回家，小璐母亲把工作室全部的资金都转到了自己手上。这笔钱是小璐四处筹借的，其中有工作室新一年的房租、员工的工资，还有她准备结婚的钱。小璐求母亲把钱还给她，但母亲只回了她一句话——"回家，接受安排。"

眼见交房租的时间临近，工作室的运营也因为缺少资金周转出现困难,小璐无奈回家,试图与母亲协商。

看到小璐跪在地上苦苦哀求,母亲不为所动,并明确告诉小璐,除了服从自己的安排,她别无选择。

小璐被逼进了死胡同,她回忆起30多年来被母亲规划的人生和那场失败的婚姻,终于精神崩溃了。她失心疯似的在客厅里抓起什么就扔什么,并且不断用头撞墙。

"这孩子真是不知好歹!我为了她费了那么大劲,她竟然一点也体会不到家长的良苦用心。"小璐的母亲在一旁插嘴。

"你不要再说了,这个家都要被你毁了!"小璐的父亲终于憋不住了,冲妻子吼道。

小璐的母亲用奇怪的眼神看着丈夫,我想,这可能是他们结婚以来,这个男人第一次愤然指责她。

我扶起小璐,发现她浑身颤抖,面无表情,眼神呆滞。试着问她话,也毫无反应,我心想:"坏了,别是激出了精神问题。"

我想劝她两句,刚一开口,小璐就冲我声嘶力竭地喊道:"你为什么要这样逼我!"跟着,她扬手就给我一巴掌。

我挡开小璐的手,对同事说:"打电话送医院吧。"

7

市中心医院的救护车到了。

上车的过程中,小璐还在歇斯底里地喊:"你为什么要逼我!

你为什么要逼我！"两名医护人员几乎控制不住她，小璐的爸爸一边帮护工控制着不断挣扎撕扯的小璐，一边带着哭腔喊女儿的名字。

此时，小璐的母亲才意识到事态的严重性，她拉着我的衣袖，不断地问："怎么办？怎么办？"

"你陪同去医院，问大夫吧。"说完，我就不想再说任何话了。

一个月后，我杭州的同学在电话里问起小璐的情况，隐约提起借给小璐的10万块钱，说她一直联系不上人。我试着打小璐的电话，对方一直关机，我便决定去她家看看。

来到小璐家，小璐的父亲将一个装有10万块钱的文件袋交给我，让我还给杭州的同学。我有些诧异，问起小璐的情况，小璐的父亲只是淡淡地说不太好，还在住院。

我问具体在市中心医院的哪间病房，表示想去看望。

结果，小璐的父亲哽咽了："别去了，她转到武汉六角亭（精神病医院）了。"

好人难当

1

2012年12月22日中午，我接到110指挥中心转警，称辖区一高中女生在家中被人"绑走"。

重大警情全局联动。交警上路设卡堵截，特警也登车候命，我和同事按照报警人提供的车辆情况全城搜索。

搜索中途，接到指挥中心电话，称有人在国道延长线上看到了绑匪车辆，我们立刻调头准备出城。走到一半，指挥中心又打来电话，说交警队已经找到车了，在国道延长线上，涉事车辆与一辆越野车相撞。

等我们赶到现场，就看到一台"志俊"翻进沟里，一台越野车横在路边，车头已经报废。

"人质"在车祸中受伤，四名"绑匪"也挂了彩，其中一名

"绑匪"满头鲜血，躺在地上不省人事，正在等候120救护车。

"枪打的？"我问现场的同事。

"不是，车撞的，翻车的时候这小子从车里飞了出来，脑袋撞到马路牙子上了。"

越野车车主是皮外伤，正在接受交警的初步询问。

车主名叫高明，同车的女性是他的邻居，是被"绑架"的女高中生的妈妈。中午高明正在家中做饭，邻居突然来敲门，火急火燎地说女儿小秋被人带上一辆无牌"志俊"绑走了，求他帮忙开车一起追。

高明想都没想就同意了，两人开车边找边追，走到318国道延长线上，刚好发现了那辆无牌"志俊"从小路上拐进来。高明驾车上前试图截停"志俊"，不料双方在纠缠中撞到了一起，"志俊"翻进了路边沟里。

"我们两家很熟，我和小秋妈妈以前还在一个单位工作过……两家住上下楼，你说这么大的事儿我能不管吗……我就是想把车拦下来……你说这事搞的……"车主高明还未从刚才的惊慌中缓过劲来，有一句没一句地跟交警申辩着。

说话间，120救护车赶到，医生下车一看躺在地上的"绑匪"，便皱着眉头说："完了，这个救过来也傻了。"说着轻轻扶起"绑匪"的脑袋，我一瞥，正看到有糊状物从伤口处流出。

2

必要的医疗处理后,三名"绑匪"被带进了公安局办案中心。

经审讯,四人共同受雇于一名叫陈平的贷款公司老板,专门负责"要账"。

陈平在本地有些名气,"两劳"人员出身,出狱后从事放贷多年。虽然被相关部门打击过多次,但依旧活跃于地下贷款行业。找他贷款的,既有"赶本"的赌徒,也有大大小小急等用钱的小老板。陈平经验丰富,善于规避各类风险。他的"借款"利息并不比银行同期的利率高出多少,但名目繁多的"手续费""保证金"数额却极为惊人。

小秋的父亲成大海在市郊开了一家塑料制品厂。半年前,因资金临时周转困难,向陈平借款 40 万元,约期三个月偿还。成大海用一辆 30 多万元的新奥迪车作价 15 万元抵押,加上在本市有实业,陈平同意借钱,但扣除"头期利息""手续费""保证金"等后,成大海实际得款仅 32 万元左右。

虽然明摆着是个"坑",但其他途径确实一下筹不到这么多钱,成大海咬咬牙,还是签了字。

成大海本来打算着自己在外还有 60 多万元的货款没收回,三个月内收回货款后足以偿还这 40 万元借款,没想到天有不测风云,眼见三个月期满,欠自己货款的人先是表示无钱可还,随后便人间蒸发,成大海这下慌了神。

先是把奥迪车以抵押价转给了陈平，成大海仍欠款20多万元。随后，剩余的借款加上逾期后按天计算的"滞纳金""违约利息"，数额越来越大，成大海发现自己陷入了陈平的圈套。

陆陆续续又还了一部分钱之后，成大海一时再也拿不出钱来偿还越滚越多的借款。陈平便开始派人收账，逼迫成大海还钱。

有时是厂子玻璃被砸，有时是送花圈，有时是家中大门上被红色的油漆写上"欠债还钱"。后来，收账的"小弟"开始频繁进入成大海家，与他同吃同住。

12月初，眼看成大海借款的各种"复利""违约金""罚息""车马费"加在一起，竟然滚到了60万元，陈平交代收账的，年底前务必把账要回来，不然就想办法把成大海的塑料制品厂搞过来。

成大海的厂子前后投入100多万元，坚决不同意转让，陈平便指示收账的三番五次去骚扰成大海，成大海无奈，只好停了工，暂时躲了出去。

小弟们四处找不到成大海，眼看年底将至，担心拿不到陈平的"年终奖"，便加大了催讨的频率。22日中午，一伙人来到成大海家，依旧寻不到成大海的踪迹，见女儿小秋一人在家，便连蒙带骗地拉着小秋"回公司"，逼成大海露面。

四人带着小秋下楼上车，车子刚刚发动，正巧遇到匆匆赶回的成大海妻子，司机一脚油门跑了出去，成大海妻子一边报警一边找邻居高明帮忙，之后便发生了文章开头的一幕。

"老板让我们这样干的,我们也是打工的。"其中一个收账的小弟辩解道。

3

陈平归案以后,毫不隐瞒与成大海之间的借款关系。

"欠债还钱天经地义嘛,你看合同都在这儿,成大海自愿签的字,我又没逼他。"陈平不屑一顾地说。

"那你们可以去法院告他,由法院执行部门来找他要钱啊。"我摆出教条式的谈话项目。

陈平的眼中划过一丝戏谑,但转瞬即逝。

"法院?打官司?那得猴年马月判下来!警官你跟我开玩笑的吧?"

"那也不能绑人!你胆子够大的,晓不晓得自己判几年?"我呵斥陈平。

"那是收账的个人行为,我只让他们要债,没让他们绑人。"陈平回答。

"之前往成大海厂里送花圈、泼油漆、砸玻璃这些事也是你让干的吧?"我追问。

"不知道,我从没让人这么干过,即使是我这边收账的干的,那也是他们的个人行为。"陈平把自己推脱得一干二净。

回头去审三个小弟,结果三人谁也证明不了陈平明确说让他们去绑成大海的女儿。

"那你们绑人家女儿做什么?脑子让门挤了?"我气不打一处来。

"我们就是想着逼成大海还钱,不带他女儿回公司,他死活不露面啊。"一个小弟解释道。

"老板是说让我们'动动脑子',有啥事儿他来担待,咋现在不认账了呢?"另一个小弟抓着头皮抱怨。

我心里暗骂这三个收账的,但由于没人能证明陈平所说的"动动脑子"的意思就是绑架成大海的女儿,我们折腾了大半天,也不能把陈平怎么样。

陈平反而问我们:"警官,听说有个收账员伤了是吧,这个事情和我无关哈,得撞他的那个人负责,你们得依法办事对吧?"

我十分生气,狠狠地瞪了他一眼。

得到消息的成大海也从藏身地匆匆赶来派出所,一进门就急切询问女儿小秋的情况,同事把大体情况跟他说了一下,同时让我取一份成大海的笔录材料。

笔录过程中,我问起成大海借款的原因,成大海也是一肚子恼火和怨言。"你以为我愿意借他陈平的钱啊,我好几个朋友都是找他贷款贷的,现在买卖也没了,人也跑了。但我有啥办法呢?厂子周转不过来啊。"

"银行贷款啊。"

"难啊,像我的这种小厂子,银行给的额度低不说,就是真同意放款，就他们那套手续和速度，等钱放下来，黄花菜都凉了！"

"那现在你那'黄花菜'还热着呢？"

成大海苦笑着摇摇头。

"他们砸玻璃、送花圈、泼油漆的时候，我也报过警，当时派出所也出了警，但没啥用啊，过不了多久，那帮人又回来了，还闹得变本加厉了！"

成大海说得没错，兄弟单位确实为了成大海的事情出过不下十次警，但无奈这些专业的收账团队都具备一定的"法律经验"，从不打砸贵重物品，也不暴力伤人。因而行为即便违法，公安机关也只能依据《治安管理处罚法》对其进行最长15天的治安拘留，等到拘留期满，这些人便又卷土重来。久而久之，不少受害者怕遭到报复，遇事反而不愿报警求助。

4

现在情况最棘手的，反而成了高明。

对于他的行为性质，局法制科同事之间产生了争论。一部分人认为四人的行为是非法限制他人人身自由，建议按照交通肇事对高明立案，由交警部门办理；另一部分人认为高明涉嫌故意伤害，建议先执行拘留，之后听取检察机关意见；还有一部分人认为这是一起绑架案，高明属于见义勇为，不应追究其法律责任。

因此，高明行为的定性关键在于收账人的行为是否构成绑架。但从审讯结果来看，四名"绑匪"既没有暴力胁迫又没有直接索要赎金，不但够不上绑架，甚至连非法拘禁都因时间过短不能成立。

最终，经过一番商讨，局法制科只能采纳了第一种说法，将高明移交交警部门处理。三个收账的小弟因涉嫌"非法限制他人人身自由"，当晚被送往市拘留所拘留。高明则联系自己的保险公司先行垫付伤者的治疗费用。

临走前，高明委屈得不得了。"你说这事儿和我有啥关系？我就是想救人而已，搭上自家的车不说，还得另外赔给人家钱，冤死我了。"

成大海夫妇也对结果表示不满，成大海的妻子激动地说："明明就是他们绑架了我的女儿要挟我老公给钱，怎么就成了'非法限制人身自由'了？"

同事解释了半天，高明和成大海妻子还是想不通，怪警察不通情理。"这么小的女孩子，真被他们带走了，万一出点儿啥事怎么办？"我也不知说什么好，只能先安慰他们说，高明毕竟是为了救人，交警部门在处理时会考虑这些因素，最大限度地维护各方的合法权益。实在感觉委屈，还可以向上级主管部门提出申诉或者要求复议。

一行人听罢，也只好悻悻离开了。

送走高明等人，想起还有一名受伤的"绑匪"在医院躺着。

我驱车来到市中心医院，负责看管的同事说伤者重度颅脑损伤，刚动完手术，送进了ICU病房，情况不乐观。

伤者名叫刘大军，35岁，"两劳"人员，讨债公司"马仔"兼司机。

家属聚在医院走廊里，看装束打扮应该是市郊乡村的农民，刘大军的父母年近七旬，坐在医院走廊的长椅上一言不发。老头见到我，站起来小心翼翼地问该怎么办。

我告诉他："一切按照法律程序处理，无论是涉及绑架还是交通肇事，双方都需要各自承担相应的法律责任。"老太太抹着泪说，儿子是家里的顶梁柱，受这么重的伤，以后可怎么办。我问二人知不知道儿子平时做什么工作，老俩说只知道儿子给别人当司机，具体什么职业他们也不清楚。

我们找到主治医生询问伤情。医生说现在尚未脱离危险期，但依照经验来看，这么重的颅脑损伤，即便救活，人也废掉了。

同事感叹说这是报应，我也点点头。

交警部门的事故责任认定如期下达，判定双方同等责任。高明算是稍稍松了一口气。同等责任，也就意味着自己免除了牢狱之灾。相关的赔偿也可申请由保险公司代为赔付。好在高明之前购买的保险保额较高，此次费用全部由保险公司代为赔付。

伤者经过全力抢救，总算保住了性命，但变成了痴呆，生活基本无法自理，更别提再去为陈平要账了。

陈平的其他小弟看到伤者的惨状，也都心生畏惧，暂时放松了对余款的讨要。成大海家为感谢高明的出手相助，东拼西凑为他送去了3万元谢礼，但被高明谢绝。

一场高利贷引发的冲突算是暂时告一段落。之后警方再次对陈平一伙进行立案调查，试图从涉黑、敲诈勒索等方面着手打掉这一高利贷团伙。

5

原以为此事就这样了结，但没想到，时隔一年，又生出了新的事端。

2013年11月15日清晨，指挥中心转警称辖区某公司有人闹事。

我和同事驱车赶往现场，刚到现场便看到这家公司的大门口挂着一条白色的条幅，上面用墨水写着：

"撞人不赔我家生活困难，为富不仁欺凌弱势群体。"

条幅下有不少人在围观，我们拨开人群走进公司大院，工作人员赶紧迎了上来。经了解，高明是这家公司的合伙人之一，而闹事的不是别人，正是之前受伤的要账人刘大军一家。

刘大军一家坐在高明公司办公楼的一楼大厅里，旁边堆放着他们带来的被褥、铺盖、衣物、脸盆、饭锅等一应生活用品。

"这是干啥？搬到这里来住吗？"我诧异地问刘大军一家。

没人理我，刘大军的父母依旧低着头，看都不看我一眼。刘大军傻呵呵地坐在地上，眼神呆滞，半张着的嘴角上挂着口水，头上有一块明显的疤痕。

高明从一旁走出来拉住我说："警官，咱借个地方说话。"

我和高明来到他的办公室里坐下，高明开始向我讲述事情的经过。

事情还得追溯到上次高明救人的那起交通事故，事后交警部门出具了事故责任认定书，刘大军一家未对事故责任提出异议，高明支付了规定的赔偿金之后，双方一拍两散。

但没过多久，刘家不知从何处得到消息，知道高明与别人合伙开了一家公司，是"有钱人"，便开始转头找高明要钱。

开始时，只是刘大军的父母或者老婆来公司找高明，说家里揭不开锅了，让高明可怜可怜他们。高明不堪其扰，陆续三百五百地给过几千块钱，但后来发现刘家人没完没了，便拒绝再掏钱。

这下刘家人不愿意了，开始守在高明的公司门口、家门口，车来拦车、人来拉人，死活要求高明继续出钱"接济"。高明报警求助，警察来了把刘家人劝返，但警察前脚走，他们后脚又回来了。

就这样僵持了几个月，双方都精疲力竭。一周前，刘大军的老婆来到公司，跟高明说家中生活困难，希望高明能够一次性再补偿刘家一些钱，双方就此两清，他们也不来闹了。高明受够了骚扰，也想花点钱一次性把问题解决，便问刘家想要多少。

刘大军的老婆估计受了"高人"指点，只说要"救济"却不说数额，等着高明出价。

"我本来想着他们如果要个一两万，我直接给他们算了，但她一直不谈数额，等着我'出价'，后来我都给到五万了，她还是不满意！"高明恨恨地说。

"你中圈套了，你知道为啥她不开价？"

"为啥？"

"这种情况她开口要钱，如果达到一定数额就可能涉嫌敲诈勒索，我们就能法办她！"

高明这才恍然大悟。

双方谈不拢，今天早上，刘大军和父母便搬到了高明公司的大堂里。

"你有没有告诉他们，不服责任认定的话，可以去申请复议或者直接去法院打民事官司？"我问高明。

"说了，但估计他们知道责任认定书提出复议的时限早就过了，去法院打官司也赢不了，白花诉讼费，所以采用这种办法来找我要钱！"高明说。

我无奈地摇摇头，出门打算找刘大军父母谈一谈。

然而口舌费尽，刘大军的父亲始终只对我说一句话——穷，帮帮忙。

之后，刘大军的父亲便不再作声了。刘大军依旧傻呵呵地坐在一旁，仿佛所有的事情都跟他无关。

6

就这样僵持了一天，我联系公安局法制科，看是否能依法处理此事。法制科同事无奈地告诉我，按照现行法律，刘大军的父母已经年满75岁，即便行为构成违法，也只能裁定"拘留不收监"。

联系医院，要求他们派救护车到现场以备强制带离时的不时之需，但医院建议我慎重行动。刘大军的父亲是医院的老病号，有严重的心脏病，强制带离过程中诱发了心脏病可不是闹着玩的。

再联系刘大军所在村的村干部前来协调。村干部如约而至，好话说尽，刘大军父母不为所动，村干部无功而返。

眼见天色已晚，刘大军一家没有走的意思，我只好找高明商量，先在办公楼里腾出个地方来让他们睡一晚。湖北的11月，已经寒气浓重。

高明不同意，担心一家人就此在他公司里住下。我无奈地说："他们就这么睡在大厅里，万一夜里出个三长两短你真的就说不清了。"

高明想想也是，只好吩咐保安把公司的杂物室腾出来让他们暂时住进去。

回派出所的路上，同事说这事真的难办了。我点点头，一直痴呆的刘大军和他年迈的父母在高明的公司里要钱，而刘大军的老婆始终没有出现过，估计她担心自己出面闹事会被依法处理，所以一直不敢露面。

我协调村干部找过刘大军的老婆,她表示"静坐"是公婆的个人意志,她毫无办法。之后便拒绝同警方沟通。

刘大军一家就这样在高明的公司里住了下来,他们白天在公司办公楼大厅里席地而坐,晚上就回杂物间里睡觉。

高明虽然恨得要命,但除了一遍遍地报警没有其他办法。派出所民警出警后,也只能对刘大军父母好言相劝,到了这个年纪的人,法律的威慑作用已经大打折扣。

高明几次来派出所找我,试探着说过自己打算"想个办法"把刘大军一家"弄走"。我明白他的意思,但只能严肃地警告他,别做违法的事情。

高明愤然说:"刘大军以前不就是用那种方法找成大海追债的吗?"

"他这不遭报应了吗?"我说。

高明闷闷不乐地离开了。

7

双方又僵持了一个多月,2014年1月初,一批日本投资商将要来公司洽谈合作事项,合伙人要求高明迅速解决刘大军一家的问题。高明一方面天天跑派出所,另一方面继续和刘大军一家交涉。

高明公司已经成了辖区的一处治安隐患点。几经考虑,上级部门协调城管、街道办、刘大军一家所在的村委会、市中心医院和派出所进行联合行动，全力解决高明公司的问题。

就在联合行动即将展开的前夜，高明突然打电话给我。

"警官，事情解决了。"

"解决了？什么意思？"我诧异地问高明。

"我说给他们20万，他们同意了。"

"我们马上就要进行联合行动，你再坚持几天！"

"算了，算了，我服了这家人了，生意事大，我花20万买个平安吧。"高明在电话中无奈地说。

第二天，高明和刘大军一家来到派出所，我和同事接待了他们。刘大军的老婆也破天荒出现，拿到钱，掩饰不住心中的喜悦。

我却遏制不住心中的怒火。

"这分明就是敲诈勒索，20万，已经达到数额较大了！小石（单位同事），别让他们走了，控制起来带走做笔录！"我不愿就这么放过刘大军一家。

"算了，算了，警官，我不报案行不行？我服他们了行不行？我自愿扶贫行不行？这钱算我送给他们家了行不行？"高明一看事态有变，一连说了四个"行不行"。

我怔怔地看着高明，刘大军一家也趁机急匆匆地离开了派出所。

"明天合作商就要来我公司调查，我实在不敢耗下去了。"高明苦着脸小声对我说。

我无言以对，心中为高明鸣不平。双方一言不发，高明给我点了一支烟。

"这好事做的，真他妈窝囊！"高明愤然地甩下一句。

"真他妈窝囊！"同事忍不住也小声啐了一句。

点燃一支烟，狠狠地吸了一口。我知道，同事的这句"窝囊"，多半是在说我们自己。

生也医闹，死也医闹

1

2013年11月的一天，110指挥中心转警，称辖区第二人民医院急诊科"出事了"。

"咋了？又送来死人了？"钻进警车，我急切地向接警的同事询问。

"比这还严重，送来个病危的，人还没上手术台就断气了，家属赖上医院了。"同事边开车边回答我。

到达现场，一条长长的白布条幅横扯在医院急诊室的大门前，上书"草菅人命"。条幅之下，隐约看到医院保卫科的工作人员和一群人纠缠在一起。

"完了，又要闹一场了！"同事无奈地说了一句后，打开警笛，把车停在了急诊室门口。

保卫科张科长见我们到了，急忙从人群中挤出来，快步往警车跟前跑，两个从人群中扔过来的空矿泉水瓶被丢在他身后。

"哎呀你们可算到了，大门马上守不住了，让他们冲进急诊室就麻烦了！"张科长满头大汗，上气不接下气地冲我们喊道。

张科长说，死者名叫刘斌，徐庙村村民，三天前的深夜，被一辆农用车拉来医院，家属说是在小诊所挂吊瓶时青霉素过敏，要求医院治疗。值班医生赶紧组织人员抢救，但没能救过来。

"青霉素过敏死亡，要闹也是去闹小诊所，怎么闹到你这儿来了？"我诧异地问。

"哪儿是什么青霉素过敏！值班医生查了病历，这个患者是癌症晚期。之前一直在他们村的卫生院挂水（打吊针）维持，来的时候人已经没了呼吸。"

"现在遗体在哪儿？"我转头问张科长。

"在太平间放着呢，有四个保安看着。"

"一定守好遗体，现在这阵势，万万不能让家人把遗体抢出来！"

遗体是医疗纠纷中的重要筹码，在以往的医闹案例中，家属只要把死者遗体往医院大厅一摆，医院便不得不就范。

"放心，他们只要不冲进医院里面来，遗体不会有问题。"张科长抹了一把汗。

2

刘斌这个名字有些耳熟,我想起了一个人,向张科长求证,张科长连连点头:"没错,就是他。"

这个人的身份不简单,他生前是一名职业医闹。

刘斌在医闹行当里颇有些名声,据说只要他出面,没有要不到的钱。几年前,公众对"医闹"二字还陌生的时候,刘斌便组织起一帮游民游走在周边各大医院,专门帮人"维权"。

停遗体、摆花圈、搭灵堂、放鞭炮是刘斌一伙的拿手好戏。只要这四招一使出,医院大多乖乖就范。

眼前的这家医院之前便吃过刘斌的亏,那年,刘斌曾"代理"过一起医患纠纷,凭着摆在门诊楼里的一具遗体,最终从医院要走了40多万元。

刘斌团伙后来因涉嫌敲诈勒索罪被警方打掉,但他浑身是病,一直取保候审,至死仍是戴罪之身。

他的死出乎我的意料,也让医院和警方十分紧张。这些年我没少和刘斌打交道,他那一幕幕"专业"手段令人记忆犹新,而如今,躺在太平间的成了他本人。

我和同事打开执法记录仪,紧跟着张科长挤进人群。

披麻戴孝的家属带着香炉、纸钱、鞭炮、花圈堵在急诊室入门口,医院保安围成人墙阻止他们进去,急诊室的玻璃门已经在混乱中碎了一地。

现场乱得一塌糊涂，急诊室大门前上百人在围观，很多人拿着手机拍照摄影。

现场几近失控，我和同事上前进行劝阻，但毫无效果。家属和保安此时都一个个脸红脖子粗，哭闹推搡乱成一片。

好在治安支队的增援及时赶到，远处的扩音器里传来同事的喊话声。

"我们是××公安局民警，请围观人员马上离开现场！"

"冲击和打砸医疗机构涉嫌违法犯罪，请现场人员稳定情绪，理性对话！"

一队防暴警察开始上前疏散人群，外围看热闹的群众逐渐离开。

防暴警察的出现暂时平息了现场的混乱，死者家属放开了保安。治安支队领导上前劝说双方保持理性，家属有什么诉求可以坐下来谈。

"他们不让我们进医院，我们怎么谈！"刘斌的妻子激动地说。

"不是不让你们进来谈，你们要抱着鞭炮、花圈、火盆进急诊室，这是来谈事的吗？"张科长也激动回应。

"谈不好我们就把灵堂设在这里！"刘斌的妻子说。

"你听，你听，有……有这样谈判的吗！"张科长气得说话都结巴了。

"不这样谈怎么谈，我们是弱势群体，斗不过你们！"另一名家属在一旁边说边作势又要往急诊大厅里冲，我急忙阻止。

3

暂时平息了急诊室门口的骚乱，刘斌的妻子同意和医院谈判。

医院提出了三点意见：一是尸检、查明死因；二是医疗事故鉴定；三是赔偿金走司法程序。

刘斌妻子立刻否决了医院的意见，也提出两点要求：一是不进行尸检，遗体由家属领回；二是医院提供一次性补偿，数额为170万元。

双方从中午12点谈到晚上8点，始终无法达成一致。

"你说这不是讹人吗！170万？还不让尸检，不走司法程序，这不是做梦吗！"副院长忍不住指责刘斌的妻子。

"别的我们不管，我男人送进医院的时候还有一口气，现在死在医院了，我们家的顶梁柱倒了，他们医院得负责！"刘斌妻子说。

不出所料，谈判不欢而散。

"你看你看，和当年刘斌的套路一模一样。"张科长在会议室外拉着我愤然说道。

首次谈判没有任何结果，同来的家属扬言第二天继续来医院"讨说法"，言下之意大家都明白。医院是公共场所，急诊室又是要害部门，此事谁也不敢怠慢。公安局与医院协商后，决定第二天继续派民警在现场维持秩序，以备不时之需。

第二天一早，刘斌家属来到医院，开始和院方进行第二轮谈判。

刘斌妻子拿出了一张"清单"，上面列明了包括死者丧葬费、医疗费、死者子女抚养费在内的一系列费用,加上精神抚慰金,共计170余万元。

医院的态度与昨天一样,要求走医疗鉴定程序。双方你来我往,没有达成任何协议。

上午10点,双方谈崩了,刘斌妻子一个电话,几辆农用三轮车载着20多名自称刘家亲戚的人来到了医院。

这群人虽然净是老人和怀抱孩子的中年妇女,但一看便训练有素。一进医院即兵分两路,一路奔向医院急诊室,另一路奔向医院行政楼。

好在医院和公安机关早有防范,把人群拦在了急诊室和行政楼外。抱孩子的妇女开始哭天抢地,老人们也上去拉扯守门的保安和民警。刘斌妻子则披麻戴孝抱着刘斌的遗像在急诊室门口席地而坐。周围很快又有人上来围观。

"新的一天又开始了。"同事无奈地对我开玩笑。

"抓人吧,这么闹下去可不行。"我没有心思理会他的玩笑。医院在我的管区里,我不想出事。

"等等上级命令吧,毕竟他们家刚刚有人去世,现在抓人有些欠妥。"同事说。

4

"丈夫去世的心情我们能理解,但你要么谈要么告(走司法鉴定程序），可这样闹下去，性质就变了啊。"我蹲在刘斌妻子身旁劝她。

刘斌妻子抬头看了我一眼，眼中似乎划过一丝犹豫，但转眼便消失了。

"闹是解决不了问题的，只要你提的要求合情合理，他们（医院）该赔你多少钱一个子儿也少不了。"我继续劝她。

"警官你说说，丧葬费、孩子的抚养费、我们一家的精神损失费，哪一样不合理？这么大个医院，170万对他们来说算得了啥？"

"那你得先同意尸检啊，不走法律程序，医院为何赔你钱，赔你多少钱都没有个说法嘛。"

"那不行，反正我男人死在医院了就得医院赔钱，还走什么法律程序？"

"照你的意思，你男人如果死在马路边还得让修马路的赔你钱呗？"一个看热闹的人突然插了一句。

刘斌妻子狠狠瞪了那人一眼，我赶忙示意那人别掺和。

我想再劝劝刘斌妻子，她却不再搭理我。

刘斌的遗体没能抢到手，灵堂也没能在医院搭起来，同来的刘家亲属没有可以凭借的"抓手"，只有一众老人、妇女与医院对峙，也慢慢安静下来。有个别试图再去扯条幅、摆花圈、放鞭炮的人，被警察制止，骂骂咧咧又坐回到一边。

调解和劝说一直在继续，派出所、刘斌所在村的村干部轮番上阵,但医患双方谁都没有松口的迹象,只好僵持着。

"你们赶紧想个辙,总这么耗着也不是个事儿啊!"同事对张科长说。

"村委会干部不是来了吗,院领导说先等他们做工作。"张科长说。

同事苦笑着摇摇头。

不是不信任村干部,照以前的经验来看,这种事情村干部能起的作用很有限。一来村干部没有强制力,来了也就是继续劝,而事主如果听劝的话,他们就不用来了;二来村干部本身也不愿掺和这种事,万一自己话说多了,真要是挡了人家的"财路",人家回头非把村委会闹翻天不可。

和预料中一样,村委会象征性地派了两个人过来,劝了几句没有效果,也就回去了。

"吃一堑长一智吧,刘斌这样的病人你们也敢接,忘了当年那大几十万是怎么赔出去的了?"同事跟保卫科的张科长说。

"瞧你这话说的,哪怕明知道可能出事,病人拉来了我们也不能不救啊!"张科长说。

想想也是这么个道理。

5

刘斌妻子提出的不走法律程序的170万元赔款,被医院称为

"梦幻170万"。但说归说，医院不掏这笔钱，刘斌妻子就不撒人。

一晃半个月过去了，医院几次通知刘斌妻子"开会"，刘斌妻子回应："除了赔钱，别的不要谈！"

"你这不叫维权，叫敲诈勒索，懂吗？"我直截了当地告诉她。

"别跟我说什么违法，我没文化，不懂法！"

"不懂法不是理由！你真是想走刘斌的老路吗？"我压制着心中的怒火对刘斌的妻子说。

她不再说话。

医院快撑不住了。半个月来，几十号人在医院，虽然不闹了，但一天到晚披麻戴孝坐在大院里，网络上的评论铺天盖地。有人说他们是职业医闹，来找医院发财，但更多的人在指责医院管理不力，个别人还添油加醋杜撰了好几个医院"治死人"的故事。

尤其是前来治病的病人和家属，看到这群手捧遗像、披麻戴孝的人感觉"晦气"，不断向医院投诉。

"他们少要点儿的话，双方还有继续谈的可能，开口170万，胡闹。"一位医院领导私下抱怨。

从"不走司法程序一分不赔"到"少要点儿还有谈的可能"，医院的态度悄然发生了变化。

刘斌妻子那边也有些兴味索然了。半个月来，前来"维权"的人员数量在不断减少，来到医院也不再哭闹，只是三五成群地坐在一起聊天。其间，刘斌妻子还与一名"亲属"发生了争执。

公安机关继续维持秩序，刘斌的家人不哭、不闹、不堵门，没有哪条法律规定他们不能在医院大院里坐着，因此警察也无法把他们强制带离。

"什么时候是个头儿啊？"我向同事抱怨。

"快结束了。"同事意味深长地说。

"为什么？"

"明摆着的，都快撑不住了。'维稳'要花钱，'维权'也要花钱，半个多月，得花多少钱。"

6

经过半个月的走访调查，公安机关基本确定了前来"维权"的"亲属"身份，其中大多数人并非刘斌的亲属，而是受雇于一个名叫"王拐子"的职业医闹牵头人。

搜集了足够的证据，随时准备对他们采取强制措施。

毕竟刘斌的遗体还在医院太平间里放着，医院还是希望能够平和处理，因此提出最后一次谈判。

"领导说，只要刘家人同意走司法鉴定程序或者把遗体拉走火化，不再闹了，医院愿意出两万块钱的'救济金'。我们花钱求个平安吧。"张科长告诉我。

谈判桌上，刘斌的妻子也显得急躁起来。两万块的"救济金"远达不到他们的要求，死者妻子开始歇斯底里谩骂起院方谈判代表来。

谈成这样，也就没法继续下去了。双方散会，我们开始做强制带离的准备。毕竟对方都是老人和妇女，公安局增调了女警，医院也备好了十几张床位，以防各种意外事件。

结果却出乎我们的意料，刘斌的妻子跑了。

从谈判室里出来之后，刘斌的妻子没有像往常一样回到他们的"亲属"那里，而是悄悄地混入前来医院治疗的病人和家属之中，溜出了医院。

医院门口的"亲属"开始以为刘斌妻子被警方扣留，哭闹着要求警方和医院放人，但后来发现警察和医院也在找她，方觉不妙。

有人想趁乱离开，有人缠着警察要求找刘妻，有些"业务不熟"的"家属"情急之下说漏了嘴："她还欠着我们的劳务费呢！"

"都别走，全都带回公安局去！"局领导一声令下，所有参与"维权"的"家属"都被带进了公安局。

办案大厅里热闹非凡，"家属"们形态各异。很多人交代了自己的"光辉事迹"，纷纷承认是王拐子招聘来的职业医闹。最终，一人因涉嫌寻衅滋事被刑拘，其他人被拘留（11人因年龄超限不予收监）。

一场医患纠纷就此落幕，刘斌妻子自此从徐庙村消失。后来医院曾接到电话，来电人自称刘斌妻子，要求医院兑现谈判时所承诺的两万块钱。医院让她来医院处理刘斌的后事。但此后刘妻没有来领钱，刘斌的遗体也一直停在医院太平间里无法处置。

医闹们供出了王拐子的下落，他很快被抓获归案。

7

在对王拐子的讯问中，我了解了整个事情的经过。

死者刘斌和王拐子是同行，都是吃职业医闹这碗饭的。一天晚上，刘斌的妻子突然联系王拐子，说有事情要谈。

王拐子来到刘家，得知刘斌快不行了，刘斌的妻子让王拐子"帮个忙。"

刘斌的妻子对王拐子说，刘斌一辈子吃喝嫖赌，现在一分钱没给家里剩下不说，还在外面欠了一屁股债。以后人没了，自己还得替他还债，怎么想怎么亏。现在看刘斌"差不多了"，想起以前刘斌做医闹能赚死人钱，自己也想做一把，让王拐子帮帮忙。

王拐子万万没想到刘斌的妻子找他做这事儿，本来打算推辞，但转念一想，反正自己就是干这行的，赚谁的钱不是赚，虽然心理上有些过意不去，但自己和刘斌也算是"兄弟伙的（朋友）"，就当帮他家一个忙，便答应下来。

村卫生院不能闹，一来乡里乡亲的，实在磨不开面子；二来也闹不来多少钱，所以二人商量趁刘斌还有一口气，赶紧把他转到大医院去。

二人知道刘斌当年曾在人民医院闹到过几十万元钱，觉得那家医院有钱又好说话，便决定连夜把刘斌送去。

谁知刘斌"不争气"，去医院的路上就咽了气，王拐子本想算了，但刘斌的妻子说来都来了，就试一试吧。

双方约定，王拐子负责组织人员，"赔偿金"一九分成，刘斌妻子负责支付医闹的"工钱""车马费""午餐费"等。

二人本以为会像刘斌几年前那样，闹上个三五天，医院便承受不住压力付钱。不料刘斌妻子寄希望于通过此事一夜暴富，开出了170万元的天价，直接堵死了与医院对话的大门。

"都怨她，我一开始就劝她，要个三四十万就算了，但是她不愿意，她太贪了！"王拐子抱怨道。

"哎哟，你还有理了是吧？接着说！"我怒斥王拐子。

王拐子给刘斌妻子找了20个人，价格是每人每天200元，30块午餐费和两包黄鹤楼"硬蓝"香烟，抱孩子的每人每天加50块。如果医闹被拘留，刘斌妻子还要按照拘留时间每人每天出500元的补助。

"维权"半个多月，账上一共要花十几万元，刘斌妻子支付了两万块钱预付金后便再也拿不出钱来，后来的钱一直由王拐子出面欠着。

最后 次和医院谈判之后，刘斌妻子再也坚持不下去了。闹了半个多月，眼见成本越来越高，不但自己的发财梦彻底破灭，另外还要支付医闹的巨额费用，便动了逃走的心思。

刘斌妻子甩开医闹匆匆回家，带上孩子便消失得无影无踪。

她一跑，王拐子不但拿不到当初协议的10%的劳务费，连雇用医闹的钱都要转嫁到自己头上。医闹们没拿到钱，天天成群结队地去找王拐子要账。

"警官，你说我冤不冤啊，我也是受害者！"王拐子竟然冒出这么一句。

"放屁！你这是自作自受！等着吃牢饭去吧！"我骂了王拐子一句。

尾　声

找不到刘斌的妻子签字，刘斌的遗体无法火化，就这样停放在医院的太平间里。

一次，我去医院办事，保卫科张科长拉住我问："他老婆有消息吗？遗体就这么放着怎么行？"

我告诉他，公安机关也因为医闹的事情一直在找刘斌的妻子，但至今毫无消息。

"活着折腾医院，死了还折腾医院！"张科长啐了一句。

我也暗自叹息，刘斌这位"老熟人"当年在医闹这个行当里混得风生水起，恐怕连他也没有想到，自己做了半辈子医闹，最后却也因医闹落得个无人收尸的下场。

就怕真的把领导告倒

1

2013年4月13日上午8点半,我接到社区干部张耀武的电话,他火急火燎地在电话中喊道:"警官,那个,那个王志芬又跑了……"

张耀武口中的王志芬,是社区的上访户。

"先别急,她会不会是出去办事了?"

"不会的,我刚刚在小区门口查了监控,早上五点多,她拖着那个红色的旅行箱走了,还跟门卫说她要去北京告状。"

"这家伙……"我心里觉得好笑,王志芬明知自己因上访备受关注,还偏偏要大张旗鼓。

"通知她单位没?"

"通知了,他们单位的人已经出发了,正在去你们派出所的路上……"

王志芬，女，56岁，湖北Q市人，系某银行合同制员工，因住房等待遇问题一直和原单位闹纠纷。

王志芬与银行的矛盾缘于一套房改房。20世纪90年代，各单位还有福利分房政策，银行在某小区里也建有三栋宿舍楼。1998年房改时，银行职工纷纷将原本的福利房买断。王志芬当时虽然也在银行宿舍里居住，但作为非正式员工，按照政策，她无法参与房改。当时Q市房价很低，王志芬的前夫在老家村里有房，因此她在领到一笔"周转金"后，便退掉了宿舍回前夫家住。

2005年，银行宿舍所在位置被划入市经济开发区，房价上涨。2009年，每平方米价格较之前翻了三番。王志芬此时与前夫离异，居无定所，原本只是惋惜自己没能赶上分房子，但后来有人告诉她，一名和她同样身份的"合同工"当年没有领银行的周转金，而是买了银行宿舍福利房。

王志芬动了心思，她想交回"周转金"，再以当年的价格从银行买福利房。

银行拒绝了王志芬的要求，王志芬就找银行领导讨说法，双方之间还动过几次手。2010年春天，在一次冲突中，王志芬把副行长的办公室砸了个稀巴烂，被派出所拘留15天。银行也借此解除了与王志芬的劳动合同，没了工作的王志芬此后便开始"维权"。

双方打了若干次官司，但王志芬胜少败多。2012年开始，王志芬开始上访，从单位信访办出发，一直走到国家信访局。从正常上访很快发展到缠访、闹访。

后来，王志芬还建了一个"维权"QQ群，省城和北京一有重要会议召开，王志芬便联络群里的"同志"一同前往"维权"。

这段时间，北京有重要会议召开，王志芬扬言，再不解决她的住房待遇问题便要到北京绝食。银行和社区不敢怠慢，不停给王志芬做工作。

头天晚上，张耀武一直等到王志芬家里熄了灯，才惴惴不安地回家，本来约好今天找王志芬继续谈待遇问题，结果早上来到王志芬家里时，发现已经人去屋空。

"那个红色旅行箱是她进京'维权'的标配，她的QQ名也叫'红色斗士'，只要红箱子不见了，她八成就是进京了。"来到派出所后张耀武上气不接下气地说。

2

会议室里烟雾缭绕，Q市某银行、市信访办、市劳动局、社区和派出所的人坐在一起开会。

"她确实是去北京了，今天上午8点钟的高铁。"同事拿着铁路部门提供的信息说。

"你们之间不是刚刚打过官司吗？她怎么又要去上访？"我忍

不住问刘科长。

"还能为啥？输了官司不服气呗，愣说我们和法院勾结判她败诉，你说官司都打到省高院了，我们这个七八线城市的小银行，真要有本事和省高院勾结，事情哪会拖到现在都解决不了啊！"刘科长向我诉苦。

"当事人对法院判决不满，走信访路子也是有法律程序可依的，我们也不能为这个怎么着人家是吧。"我想试着劝一下刘科长，但可能这话说得有些不合时宜，同事在桌子下面踢了我一脚。

"我们也知道上访是她的权利，但她总去闹啊。前年她在省信访局门口放鞭炮被拘留，这次她又说去北京绝食。"刘科长无奈地摇头。

"能解决的，你们就尽量帮忙解决一下嘛。她一个离异妇女，又在你们单位工作了十几年，没有功劳也有苦劳，你们适当给点照顾，不就没这档子事儿了！"我换种方式想再劝一下银行。

"我也不瞒你们了，这次她提出来的条件，我们绝对没法答应。"刘科长双手一摊，跟我说了实话。

"她的小儿子今年大学毕业，参加了银行招考，但没有进面试，她要求银行破格录取，我们没有同意，领导说先干合同制，王志芬又不同意。房子的事情只是个由头，她在用上访给我们加压。"

这事儿我倒是第一次听说，没想到维权还能"明修栈道，暗度陈仓"。心里还是有些不相信，毕竟这只是银行的一面之词。

"这几年,我们给她的'照顾'实在太多了,她从2010年开始就不再上班,但直到现在,我们每月还给她开1800元的'救助金',又帮她争取了1000多块钱的低保,她自己在外面做事也有收入,甚至两个儿子上大学的钱都是我们出的,单位很多职工对此意见很大,王志芬还闹,于情于理都说不过去了!"

我有些听糊涂了。

"你们这样做,有些违规了吧?"我诧异地问刘科长。

刘科长若有所思地笑笑说:"按说这些事情都不能摆到台面上讲的,但这次我们也是确实没办法了,求你们帮帮忙吧。"

会议开了一上午,最终决定派人去北京把王志芬劝回来,哪怕劝不回来,也不能让她胡闹。银行派了刘科长,社区和派出所各派一个人准备进京。当天晚上,三个人正在所里商量劝返对策,突然接到北京警方的电话,说王志芬在北京因打架斗殴被拘留了。

我赶紧追问案情,北京警方轻描淡写地回答道:"她是来上访的吧?在'上访村'和卖'资料'的打起来了,一般治安案件,拘留七天。"

刘科长松了一口气,还想再问别的,对方挂了电话。上级决定派人赴京,等王志芬拘留期满后把她劝返。

3

从拘留所把王志芬接出来时,她情绪十分激动。坚决继续上访,不同意离开,还要把拘留她的北京市公安局某派出所一并告了。我们几个人苦劝半天没有用,最后,我一怒之下只好把事情点破。

"王志芬你别闹了,你不是想让你儿子进银行吗?进银行要直系亲属政审你知道吗?你现在已经搞了一个治安拘留了,再从北京闹出个三长两短,弄个刑事拘留,就算银行给你开后门,你儿子也过不了政审!"

听闻此言,王志芬一下子愣在那里,思考了半天,最后同意跟我们一同回家。

返程的列车上,刘科长看我在拘留所外面一句话唬住了王志芬,便让我再帮忙给她"做做工作"。我说要做工作大家一起做,但他借口和王志芬"不对路子",拉着张耀武跑到餐车去了。

我明白,他俩长期和王志芬打交道,早就相看两生厌了。加之一直对银行给王志芬的优待不满,真说起话来,难免带有火药味,便随他们去了。

车厢里没几个乘客,我找话头和王志芬聊了起来。

我之前点破了她的心事,王志芬也就不再向我隐瞒什么。上来便一个劲儿地问我,她这次拘留会不会给儿子进银行工作带来麻烦。

我心中好笑,但也不好表现出来,只好半开玩笑地反问王志芬:"银行对你这么不好,你也和它打了这么多年官司,怎么还让你的宝贝儿子进银行工作?不怕他走你的老路啊?"

"那不一样,我儿子进去是正式职工,又不是合同制,怕什么!"

"你儿子连笔试都没过,银行凭什么录他当正式职工?"

"警官,这里面肯定有黑幕……"王志芬一副神秘的样子。

"哟,黑幕你都知道,说来给我听听?"我故作感兴趣地追问,其实心里烦得不得了。这世上有种人,只要别人得了自己得不到的东西,便会归因于种种黑幕。

王志芬开始细数自己听来的各种小道消息,什么笔试考第一的是市里王市长的侄子,前年银监会陈秘书的儿子没参加考试就进了××银行,还是正式编制,等等。

我听得有些不耐烦了,对王志芬说:"这种事情你要是真有证据,就直接去有关部门举报,或者去媒体曝光,怎么能指望这种捕风捉影的消息给儿子找工作?"

"他们靠着手里有点权力就胡作非为,都是大学生,凭什么他们的孩子一毕业就有正式工作?我儿子就得在家里蹲着,这社会也太不公平了吧?"

"你的意思是,把你的儿子也安排进去,这个社会就公平了?"

"他们的儿子能安排,我的儿子凭什么不能安排?"

我觉得没法继续和她聊下去了,打算换个话题劝她两句。

"这几年,单位对你的照顾也够周到的,现在你要钱有钱,要闲有闲,也年过半百的人了,在家享享清福多好,还出来闹个什么劲呢?"

王志芬看看我，愣了一会儿说："一套房子值多少钱？他们给我的这点钱算什么？"

"你当年不是银行的正式职工，又领了房改的'周转金'，按道理这房子确实没法给你啊。"

"那黄××他们怎么就能买？他们当年也和我一样是合同制！"

"我不是说你不该反映问题，你按照程序一级一级信访，谁也说不出个'不'字。不过，咱实话实说，如果他们真是违规拿的房子，查了他们就能分给你？"

王志芬不说话。

"三年前跑到省政府去放鞭炮，这次又扬言到国家信访局门口绝食，你这明显不是反映问题的做法嘛。"

听我这么说，王志芬叹了口气。

"警官，恕我说句你不爱听的话，这年头，会哭的孩子有奶吃，你不闹，哪个把你当回事儿？"

"你就不怕闹过了火，真和单位撕破了脸，现在的这些'优待'也被取消了？"

"你还别说，开始我还真怕过，但我后来发现，我越是去告状，他们越怕我，现在逢年过节，领导大包小包拎着东西来慰问我。你看我们单位那个姜××，和我一样的情况，他要面子，从来不去闹，现在领导鸟都不鸟他。"

我竟无言以对。

4

　　王志芬此次北京之行虽然没有成功，但她在"维权"QQ群里还是掀起了一番波澜，有些人竖起大拇指夸她是孤胆英雄，也有人骂她虚伪，去上访只会装腔作势，拘留一下就害怕了。

　　王志芬也不是一点儿收益都没有。回家半个月后，王志芬每月的"救济金"涨了200元，她的小儿子被安排到银行做合同工，并承诺有机会转正的话优先考虑。

　　我气得想掀桌子，就是"越闹越有，越有越闹"，才导致一些单位缠访、闹访事件层出不穷。

　　王志芬的上访之路还在继续，虽然单位满足了她提出的部分要求，但每逢特殊时期，王志芬还是会象征性地"要一下"，有时玩几天失踪，有时拉着她的红色旅行箱声称要去省城或北京"走亲戚"。她自称这是要"保持威慑力"。

　　2014年开始，国家信访局下文取消"越级上访"，王志芬再反映情况需要逐级递交材料。家访时我去找王志芬谈话，王志芬说小儿子到现在还没转正，她绝不会罢休。我气愤地指责她这是在"要挟""勒索"，王志芬就辩驳说银行某领导"搞到的好处更多"，警察怎么不去抓他？

　　我气愤地回应："你要举报的话写封举报信，或者去纪委告他，你去不去？"

　　王志芬沉默。

"你如果有顾虑,我以私人身份代替你去递举报信,行不行?"

她还是沉默。

"你要不放心我,自己去最高人民检察院网站上写举报信举报他!这总行了吧?"

她依旧沉默。

私下里我和刘科长聊天时,骂他们都是软柿子。

"这么明显的违反规定的事情,你们怎么能答应她?她一个已经和你们单位解除了劳动合同的人,怎么能月月从你们单位账上支'救济金',报销儿子读大学的学杂费?"

"上边这几年被她上访搞怕了,不也是想息事宁人嘛。"

"事息了吗!人宁了吗!有规矩不尊,有制度不依,就想着息事宁人。现在倒好,你们让她牵着鼻子走,连派出所都被你们捎带上了!"

刘科长也一脸郁闷。"你别总冲我发火啊,领导交代的事情哪个敢不办!"

5

原以为王志芬的上访之路还会继续,但一切却在2015年年初突然停止了。

她口中那位"搞到的好处更多"的领导,在上级纪委巡视组的检查中落马,并随即因经济问题被"双规",后移交司法部门处理。

那位领导的落马牵出了一系列的问题,其中便有违规买卖房改房、违规给子女安排工作和单位账目混乱等王志芬先前十分"关注"的事件。

因为王志芬曾长期因上述事情上访、告状,纪委干部也找到她,希望从她那里收集一些证据。我和社区干部张耀武一起前往王志芬家时,却发现王志芬脸上并没有成功扳倒"老虎"的喜悦。

"这些年你确实受了不少委屈啊,王大姐,把你了解的情况给我们详细讲一下吧。"纪委干部语重心长地对王志芬说。

"没有什么好说的!"王志芬转身进了卧室,重重把门关上,留下纪委干部和我在客厅里面面相觑。

"她……这是?"纪委干部疑惑地问我们。

"可能是听到这事儿太高兴了,还没适应过来吧。"张耀武冒出这么一句。

我看了张耀武一眼。

王志芬拒绝配合调查,我们也只好先行告辞。临走,王志芬一句话都没有说。

但她的"好日子"却也结束了。

4月,银行清退了落马领导近年来违规录用的一批人员,王志芬小儿子的转正梦想破灭,他又不愿在银行继续干合同制,便回到家中待业。

5月,司法部门联合审计部门在清查账目时发现银行一直给王志芬违规发放"救济金",并出钱供王志芬的两个儿子读大学。按照相关法律法规,要求王志芬归还多年来领取的"救济金"和两个儿子的学杂费等,共计人民币18万元。

"为什么要把'救济金'要回去?"我问刘科长。

"王志芬有低保,自己还在外面做事,一个月收入加起来五六千,还发她么斯(什么)'救济金',这明显就是那个落马领导违规给她的封口费。"刘科长回答我。

"王志芬究竟知道多少事情?"我追问。

"她可能知道一些事情,但也可能什么都不知道。"

"那你们领导为什么给她封口费?"

"这还用说?她一直上访,领导怕'拔出萝卜带出泥'啊,反正是花公家的钱,平自己的事儿,不用白不用。"

"我说之前让王志芬去举报,她怎么不去?"我感叹。

"那是她的财神爷,真告倒了他,王志芬能捞到什么好?"刘科长甩下一句。

"这些事你看来早就知道啊,你为什么不去举报?"

刘科长苦笑着摇摇头,没回答我。

尾 声

2015年8月,银行每月发给王志芬"救济金"和供他儿子上大学的事情被人在她的"维权"QQ群里曝光了。

QQ群里骂声一片,有人说她是"骗子""奸细""叛徒",有人说她"不要脸","难怪那么积极,原来是搞了这么多好处",还有人把自己以前上访失败归咎于王志芬"告密",说她是"卧底"。

不久,王志芬被踢出了QQ群,之后她的精神便开始不太正常。

一次,接群众报警称"有个疯子要砍人",我和同事赶到现场时,看到王志芬正披头散发,手持菜刀站在一户居民楼下大声叫骂。

"×××,你个婊子养的王八蛋,你就见不得别人过得好!我让你举报,你给我滚出来,我非砍死你!"

夺过菜刀,制服了王志芬,我准备把她带回派出所。一路上,王志芬不停叫骂。

"×××,我要砍死你!你害得老娘儿子转不了正!"

"×××,你赔老娘那18万,不然老娘杀你全家!"

……

开车的同事回头看了她一眼说:"别回派出所了,先去医院吧。"

11月的一天,我在路边巡逻时遇到了出院后的王志芬,她全然没了当年"红色斗士"的风采,面无表情、眼神木然,只是嘴里依旧念念有词。我凑上去仔细听:"有些人就是见不得别人过得好,王八蛋!"

吊死在儿子饭店门口的母亲

1

时间是2014年11月底，一进刘老太家门，迎面就看到刘老太的儿子王波和三个陌生男人。王波坐在一旁一言不发，刘老太可怜兮兮地看着我。

王波绰号"麻将王"，在派出所"名声正盛"。

几个月来，我们为了他，已出了十几次警，其中抓赌七次、扫黄三次、打架一次，剩下的几次都是去"解救"他——因为赌博他四处赊账，每当码钱（赌博时用以代现金的筹码）到期，他能躲就躲，躲不了就报警求助。

三个月前，王波在赌场上输红了眼，回家偷拿房本去贷款公司抵押了35万元。他本想杀回赌场翻本，结果又输了个一干二净。约定的还款期限已过，他无力还债，贷款公司的人拿着抵押合同找到了家里,他们要求刘老太"要么帮王波还钱,要么腾房准备过户"。

屋里坐着的三个陌生男人是职业追债的,看到警察自然见怪不怪,其中一个男人还说:"警官,我们这是债务纠纷,好像不归你们管吧。"

的确,警察不能介入债务纠纷,我只能无奈地劝道:"你们就事论事,不要有过火的行为。"

经过一番谈判,贷款公司又给了刘老太三天的时间筹款。送走追债的人,刘老太就哭了:"我还以为我能死在这个房子里。"

三天后,我在备勤室午休,突然听到报案大厅里吵吵嚷嚷,出去一看,是刘老太母子,还有一个中年男人。

中年男人走到近前,把一个鼓鼓囊囊的提包撂在桌子上,愤然地说:"派出所里有监控,为了妈,今天我替你把钱还了,以后再敢赌,我打死你!"

说罢,他气呼呼地离开了,我诧异地看着刘老太母子,赶紧上前问发生了什么事。刘老太说他们想在派出所里还钱,"这里比较安全"。

我劝不走她,无奈只能默许,我问起刘老太筹款的过程,刘老太不愿多讲,只说是王波的大哥王成拿出35万元,替弟弟把钱还了。

说话间,刘老太频频回头骂王波没良心,差点儿害得自己无家可归,王波则面无表情,一言不发,仿佛早就习惯了的样子。

收账的人来了,刘老太把钱交给他们,要求他们在警察面前做书面保证,以后绝不再骚扰王波。收账的人呛道:"王波不欠钱,我们才懒得理他。"

我作势吓唬了一下收账的人,转头告诉刘老太,其实那种保证并没什么意义。

送刘老太出门的时候,同事把她拉到一边仔细嘱咐:"回去仔细问问儿子,在外面还有没有欠债,另外,把家里值钱的东西可看好了。"

刘老太不说话。

2

半个月后,刘老太又跑来派出所报警了。称家中被盗,自己压箱底的金银首饰和5000块钱不知所踪。同事做完现场勘察后悄悄跟我说:"看情况像是熟人作案。"

派出所里,做着笔录的刘老太正哭天抢地。"首饰是我的嫁妆,这辈子多苦都没舍得卖,没想到被挨千刀的小偷搞走了……警察同志啊,你们一定要帮我追回来。"

我问刘老太谁有家里钥匙,刘老太说房子就她和王波住。我让刘老太把他叫来了解情况,刘老太说王波已经失踪个把星期了。

我上警综平台查询,发现王波三天前又因涉赌被兄弟单位拘留,正关在拘留所里。我叫同事去拘留所提王波问话,出门前刘老太问我找她小儿子干什么,我直截了当地说:"王波作案的可能性最大。"

刘老太很吃惊。"如果真是他干的,会不会被判刑?"

"案值已经超过了立案标准,该判刑就得判刑。"

刘老太沉默了一会儿说:"不会的,我儿子从来不会偷东西,一定是外人干的。"

然而,到了拘留所,王波却干脆利索地就承认了。"前几天赌瘾上来了,四处弄不到钱,就把我妈的首饰和钱拿走了。首饰当给了寄卖行,钱已经输光了。"

我打算在拘留所直接给王波办手续转刑拘,但同事说:"告知一下刘老太比较好,毕竟是亲属盗窃,稳妥一点。"果然,刘老太一听到消息,马上要求撤案。

几天后,王波拘留期满,重获自由,依旧四处滥赌。刘老太家中值钱的物件也开始不断地"丢失"。

每一次刘老太都偏执地认为"这回真是小偷干的",她多次报警求助,然而每次都坐实了的确还是王波,然后刘老太就又会跑到派出所要求撤案。

如此反复了好几次。

有几次我直接告诉刘老太:"你这是在纵容王波的不法行为。"但刘老太总是默默地掉眼泪道:"我不舍得亲手把他送进监狱。我死了,这些东西也都是他的,他愿意卖就卖吧。"

3

2015年2月底,桥头酒店有人打架。我和同事赶到现场时双方已被拉开,动手的人是王波的嫂子和刘老太。

桥头酒店是王波的大哥王成开的,几天前王波来店里找他借六万块钱,说是要和朋友去湖南合伙开汽修厂。一想到王波既不会修车也没开过店,王成立刻认定,这次他又打着幌子借钱去赌场翻本。

王成当场拒绝了,王波一看从哥哥手里借不到钱,便回去找刘老太"做工作"。刘老太被王波一忽悠,便到店里替王波借钱。虽然不信弟弟真的会去开汽修厂,但王成怕惹母亲生气,最终还是从店里拿出三万块钱,让母亲代为转交给弟弟。

没拿到预期的数额,刘老太本就不太高兴,但好歹也算是给了。谁知刘老太准备离开时,正好遇到王成的妻子,儿媳坚决不让刘老太把钱拿走,婆媳二人先是理论,再是争吵,最后直接动起手来。

"你去把事情搞清楚啊,也许你弟这次真是有正经用处呢。"我劝王成。

"可别给我提'正经用处'了,他次次来拿钱都是正经用处,赌场就是他的正经用处!"王成脑袋摇得像拨浪鼓。

"因为三万块钱让老婆和妈撕破脸,不值得。"我劝他。

"这次只是个由头,上次替弟弟还债拿走的35万才是我老婆发火的主要原因。"王成说。

经过一番调解，最终，刘老太还是拿走了那三万块钱，王成的老婆哭着离开了派出所。

4

3月中旬，我去王成店里做例行消防检查，他的饭店一直是"三合一"场所（指生产、经营、自住一体，这是《消防条例》明令禁止的），一家人就住在饭店二楼的一间屋里。

公安局消防部门多次下过消防隐患通知，可是王成一直没整改。检查结束后，我和王成说起了这件事，要求他赶紧和家人搬出去住。

"没钱咋搬啊？"王成愁眉不展。

"饭店生意这么好，你也赚了不少吧？房子差不多就行了，你还打算买别墅住啊？"我打趣道。

"哪个不想买房子？哪个愿意一家子窝在店里住啊？上次替王波还债的钱就是我攒着准备买房子的，楼盘都确定了，这下可好，钱没了，我还买个鬼啊！"

"你为啥要给你弟填这种窟窿？"

"一个妈生的，你说咋办呢？"

"亲兄弟不假，但毕竟都成年了，没人规定你得给他还赌债啊。"

"唉,我们家情况不一样。"王成摇摇头,"我妈逼我给我弟还债啊。"

王成的父亲去世早,母亲刘老太带着两个"拖油瓶",靠摆小吃摊艰难维生。凭着一股韧性,刘老太愣是把一个小吃摊做成了小铺面,还在市里买了一套二手房。

王波是早产儿,当年差点儿没抢救过来,好不容易才活了下来,两岁那年父亲又撒手人寰。刘老太觉得小儿子命苦,从小就对他百依百顺。

两个儿子逐渐长大成人,王成初中毕业后便和母亲一直经营小吃店;王波考上了中专,毕业后进了市印染厂。兄弟二人结婚后,刘老太觉得自己的任务完成了,便决定"退休"。她几经考虑,把铺面给了有经营经验的王成,把住房给了有正式工作的王波,自己就带着存款跟王波过。

那几年,兄弟二人相互照应,王波拿到住房赡养母亲,王成专心经营小吃店,一家人过得和和睦睦。

2008年,318国道改线,与城市外环线的交会处正好落在了小吃店门口。小吃店的客源一下子猛涨,王成夫妇头脑灵活又踏实肯干,生意日渐兴隆。2010年,他们夫妇二人索性买下了旁边的两个门面,打通之后,开了"王成饭店"。

可王波却不知怎么染上了赌博的恶习,先是因此丢了工作,后来妻子也和他离了婚。几年间,王波游走于各个麻将馆和赌场,不仅将母亲的存款输得一干二净,还在外面欠了一屁股债。

王成和刘老太想尽了办法，却没能把王波从赌场里拉出来。伴随着王波的豪赌，一批批债主纷至沓来，其中不乏一些带有黑恶势力背景的职业放码者和亡命之徒。管不了小儿子，又怕小儿子出事的刘老太只能抓住大儿子这根救命稻草，要求他替弟弟还债。

5

长兄如父，王成一直尽自己所能帮弟弟应付各种各样的债主。先是三千五千，后来是一万两万，到最后，王成觉得自己也扛不住了。

"2011年年底，他在仙桃的场子里欠了'校长'（黑话，指组织赌博的人）10万块的码钱，追债的人追到家里，我替他还了。"

"2012年，他骗朋友说合伙开公司，拿了人家几十万跑到新疆去赌，我怕他被警察抓去坐牢，又替他还了。"

"去年，他被追债的堵在沙市，对方扬言两天内不见钱废他一条腿，我拿钱把他赎回来，自己还挨了两个耳光。"

加上赎回母亲住房的钱，细数起来，王成已经为弟弟掏了近百万的巨款。

"他赌博我'买单'，这些年开饭店赚的钱，差不多都给王波填窟窿了。"王成说，"一开始，我是真想管，毕竟是我弟，后来，我是真不想管了，赌场无父子啊，更何况是兄弟。他赌瘾一上来六亲不认,后来干脆不回家了。"

厌倦了家中母亲和哥哥的管教,王波开始长期在外游荡,偶尔回家,也多是被追债的人逼得走投无路。

面对弟弟欠下的数额越来越离谱的赌债,王成不止一次跟母亲说不想管了,但每到此时,刘老太就声泪俱下恳求他,最后直接发展到以死相逼。

"我妈说,王波再浑蛋也是我亲弟,我不帮他说不定哪天他就在外面被追债的搞死了。少年丧父、中年丧夫,我妈都经历了,她不想再经受老年丧子了。"

王成怕刘老太真的想不开,即便自己万般不愿,但只能硬撑着给弟弟堵窟窿。可王波似乎是抓住了哥哥的软肋,往后他一出事就直接找母亲求救。

"我妈老了,脑子也没那么灵光了,我弟随便编个理由就能忽悠她来找我拿钱。说是借,但从来没还过。现在,我自己家也快被我弟拖垮了。警官,别人家有没有遇到过这种情况?我还有别的办法吗?"王成点了一根烟,猛吸了一口。

我遇到过类似的事,除了少数以亲情感化,大部分都是以亲人反目结局。对于王成的求助,我也没有两全的办法,只能实话实说。

王成叹气道:"现在年景这么好,我真想集中精力把我的饭店干好,但现在这种情况,唉!"

6

刘老太从王成那里拿走三万块钱后，派出所关于王波的警情消停了半年有余。

我觉得王成这次把弟弟"救"回来了，后来遇到王成时聊起来，他也觉得自己错怪了弟弟。

可是事情刚过去半年，2015年9月，湖南警方突然来访，要求调取王波的相关资料，原因是他涉嫌诈骗和盗窃。来访民警告诉我，王波在2015年4月至8月期间，伙同他人以开办汽修厂为名义，将顾客的13辆车变卖或抵押给贷款公司，获得赃款290余万元，全部用于赌博。

王波是在中缅边境的一个地下赌场被抓的，当时他在赌场里已经狂赌了三天三夜，归案时，290多万元赃款剩下不到1000元。

消息传来，王家的天都塌了。

刘老太执拗地认为，"湖南警方抓错了人，王波不可能犯下这么大的事"。她神经质一样在派出所大喊："冤案，一定是冤案！"突如其来的重击也让王成方寸大乱，他抛下生意不管，只待在派出所接待室不停地抽烟。

湖南警方很快出示了相关证据，要求母子二人配合调查。双方的谈话一直进行到深夜。凌晨时分，王成陪着母亲匆匆离开派出所。

9月27日,湖南警方走后第六天,清晨5点,110指挥中心转警称"一名老年女性吊死在王成饭店的大门口"。

我迷迷糊糊地被同事塞进了警车,一路上还在不停地向指挥中心核实:"你说啥?吊死的?你没听错吧?"

"这得多大的仇,才能大清早吊死在人家大门口。这让人家的饭店以后怎么开。"我心想。

到达现场之后,眼前的一幕却惊得我目瞪口呆——吊死在王成饭店门口的不是别人,正是王成的母亲,刘老太。

王成跪在母亲的遗体旁痛不欲生,他妻子呆呆地站在一边。医院的救护车已经离开,法医随后到达现场进行尸检。我把王成拉进警车里,问他究竟发生了什么。

王成泣不成声地向我讲述了一切。

这次王波被抓,刘老太起初坚决不信,但在湖南警方给出的证据和王波的口供面前,她也不得不接受了这一现实。眼看一切已经无法挽回,刘老太和王成只能恳求湖南警方给王波一次机会,"家里一定全力配合"。

湖南警方说此案已经坐实,当下只能由家里尽快筹钱,尽可能替王波弥补受害者的损失,以求获得谅解争取在法庭上从轻判决。否则按照此次的数额,王波至少会面临10年以上的有期徒刑,甚至无期。

刘老太和王成方寸大乱,回家之后就着手搜罗积蓄,可他们发现,这几年,家底已经被王波折腾得一干二净,唯一值钱的只有全家赖以生存的王成饭店。

刘老太要求王成尽快将饭店盘出。王成托人问了市价,但回话称:"时间仓促,只找到一位仙桃老板愿意全款接手,但出价只有80多万。"

这离近300万元的诈骗金额相去甚远,而且饭店凝聚了王成多年的心血,是他的立身之本,他不愿出手。可刘老太救子心切,只说:"能凑多少凑多少,不够再去借一下,先救人要紧。"

几经磋商,24日,王成和仙桃老板约定次日进行交易。

当晚王成回到家,才想起因为之前忙乱,竟然忘了把盘店的事情告诉妻子,他硬着头皮对妻子讲出实情,希望得到谅解。

王成妻子二话没说,就出去买了农药。"饭店是我们的心血,也是唯一的住处。之前为了王波,前前后后已经花了100多万元,这次为了救他再卖店,我马上死给你看!"

一边是母亲不停催促,另一边是妻子以死相逼,王成陷入两难。

他先是怪妻子的做法不合时宜,但平静下来一想,一旦饭店盘出,自己今后该何去何从?母亲、妻子、孩子又该如何生存?思量一夜,王成最终决定不再为王波补窟窿了。

25日一早,他电话回绝了仙桃老板。到了母亲家里,他把昨晚发生的一切告诉了母亲,也说出了自己的想法。

刘老太先是歇斯底里地骂他不念兄弟情义,接着狠狠地抽了他几个耳光,王成一动不动。可突然刘老太又一下恢复了平静,瘫坐在椅子上,一字一句地问:"你最后再说一次,到底救不救你弟弟?"

"不救!"王成坚决地说。

然后,他就被母亲赶出了家门,出门前,他听到母亲叹息:"这个家,真的要散了。"

"我真的没想到,我妈最后会走这一步……"王成说完,将头埋进胳膊里,痛哭了起来。

7

这一次,王成真的没有为弟弟筹钱。

因为涉案金额巨大、性质恶劣且受害人损失分文未赔,王波最终被判处无期徒刑。

因为母亲自杀,王成的饭店此后也没有再开张。王成联系之前的仙桃老板,要价50万元,但被对方一口回绝:"大门口吊死人,哪个敢来你的店里吃饭!"

无奈,店面只能闲置。

办完母亲的后事,王成举家迁往外地,此后我们就再也没见过面。偶尔还会有一些王波的旧债主跑到派出所来找人,我们只能回复:"人在湖南蹲监狱呢,已经家破人亡了,去法院问问吧,看能不能打官司。"

渐渐地,王家的事情被人们淡忘了。

只是在抓赌的时候,我会把一车赌徒拉到王成饭店的旧址,指着破落的门面骂他们:"浑蛋们,使劲赌,你们老娘也会像这家一样,吊死在自己家门口!"

"公务员考试社"社长的歧路

2016年探亲假前,我兴冲冲地收拾行李准备回家,母亲突然打来电话:"回家之后低调点,不要惊动你陈阿姨一家。"

我不解,陈阿姨和我们做了近三十年邻居,她的儿子林云青和我一起长大,这话是什么意思?

我追问原因,母亲神神秘秘地告诉我:"你云青哥出事了,电话里不方便多说,你听我的就是了。"

1

云青哥大我两岁,在老家当警察。我和他的关系可以追溯到小学时代。

我家住在母亲单位的职工宿舍小区,林云青的父母和我母亲都是山东某国企职工。我和云青哥就读于这家单位的职工子弟学校,只不过他大我两级。

1996年,母亲的单位破产改制,林云青的父母和我母亲一同"息岗"在家。三人还合伙去济南西市场批发过手套、袜子,在夜市上摆摊赚钱。

两年后,原单位被中国重汽兼并,母亲选择返厂上班,而林云青的父母则出于收入方面的考虑,选择继续干个体户。

学生时代,林云青一直是父母耳提面命,要我好生学习的对象。中考时,他考上了省重点;高考时,传言他又考入了省内一所著名的师范大学。而我,费尽全力也只考上了那所师范大学的独立学院。看到我的录取通知书,母亲拧着我的耳朵骂我不争气。

但当我入学后,发现林云青竟也在这所独立学院读书。面对我的惊诧,他的解释是那年高考发挥失误了。但此后,陈阿姨不止一次悄悄对我说:"你云青哥学校的事儿,一定不要告诉别人。"

我读大一时,林云青读大三。他不但是学生会的副主席,还自创了一个社团并担任社长——公务员考试社。

那时,公务员考试在我们学校热得不行,几乎每一名文科专业的毕业生都热衷于参加"公考",林云青更是其中的领潮者——从大二起,他便开始报名。

林云青鼓动我加入他的公务员考试社,我问他:"还没毕业就去参加公务员考试,即便考上了也不能去面试,考它何用?"

林云青说:"噫,说的就像你能考上似的,现在不去积累点'临场经验',到了毕业真考的时候,岂不是一点儿准备都没有?"

有一次,我被他说动了,也试着上网报名,但由于仍是在读生的身份,连基本信息审核都没法通过。林云青不住地损我是"榆木脑袋"。"编个假信息不就行了?反正就是去参加笔试,又不让你真去上班!"

我胆子小,不敢,一直被林云青鄙视。

"就你这胆子,以后当了官也没魄力!"

"我不想当官……"

"那你就做好毕业就失业的准备吧!"

2

在林云青一家眼里,"当官"是他们两代人的共同追求。

陈阿姨在当个体户之前,曾和我的母亲在一个车间里共事十几年。用母亲的话说:"你陈阿姨是个'官迷',以前削尖了脑袋想往上爬,连车间选个'卫生组长'她都会去给领导送礼。"

可惜陈阿姨官运并不亨通,离职当个体户之前,最大的成就也就干到了车间的卫生组长。因此,当官的愿望便寄托在了林云青身上。

林云青没有辜负母亲的期望,从小学开始便一直担任班里的学生干部。虽然事后得知,那是陈阿姨每学期给班主任送去的20

斤鸡蛋和两箱青岛啤酒产生的效果。老人们都说，林云青一家，"脑袋活泛，情商高，会来事儿，孩子以后肯定有出息"。

林云青比同龄人更早熟一些，当同学们大多沉浸在"推塔""CF""劲舞团"中时，他便早早报名参加了"中公""华图"等公务员考试辅导班。每天奔波在学校和培训机构之间，还不止一次教育我要提前准备，毕业给自己找一个"金饭碗"。

大学时，老师们说林云青"执着""懂事""有抱负"，而同学们却大多讽刺他"矫情""封建""官本位"。

林云青的大舅在城管局工作，是他们家族中唯一一捧"金饭碗"的人，同时也是林云青的偶像。平时聊天，林云青经常会把话题引到大舅身上。

"你看我大舅，人家那才叫工作。上班有公车，下班住公房，手里有公款，看病是公费……"

但其实，林云青的大舅和他们一家关系并不太好，城管局的执法队还没收过林云青父母的夜市摊子。那天，陈阿姨当着执法队员的面给自己的哥哥打电话求助，但林云青的大舅只是说了句："人家是正常执法，我也帮不了你。"

夜市摊子还是被没收了，陈阿姨在楼下痛骂自己的哥哥，临了还教育林云青："你大舅真不是东西，你以后可不能像他这样！"

母亲听陈阿姨这样教育孩子，忍不住插嘴提醒，陈阿姨却说母亲"站着说话不腰疼"。我想上去和她争论，母亲急忙把我拉进了屋。"别和你陈阿姨计较，她这脾气也是生活逼的。"

3

陈阿姨一家生活不易,这是小区里有目共睹的事实。

离职之后,陈阿姨和她老公成了专业个体户,两人在附近的大市场租了一个铺面卖衣服。晚上大市场关门,夫妻二人便开着电动三轮车去夜市上卖"十元精品"。

早些年生意好做,夫妻二人也赚下了一些钱。但后来大市场周边相继修路、拆迁、改建,交通受阻,加上网购兴起,大市场的客源大幅减少,两人的铺面开始赔钱。陈阿姨索性把重心放在夜市摊位上,但那个夜市是周边商户自发形成的,既没人管理,又时刻面临着城管检查,生意很不好做。

林云青每次说起家里的事情,都忍不住唉声叹气。"都是老百姓,为了赚点钱搞个夜市,结果还三天两头打架,你说这个社会究竟是怎么了?"

他说得没错,夜市摊主之间经常发生争端,有时是为了占一个好地方,有时是为了同一商品间的几毛钱差价。一次,夜市上有人摆了一个"五元精品"摊,冲击了陈阿姨的十元摊,两人发生口角,继而厮打起来。后来,陈阿姨和那个摊主都因"殴打他人"被派出所拘留了三天。

"明明是他先动的手,凭什么处罚我?还不是他有个亲戚在派出所里当协警!"陈阿姨这样抱怨。

"真他娘的不公平,有人贪污受贿那么多都没人管,我妈这做小生意的和同行发生点冲突就要被拘留,有朝一日我当了官,一定让这帮人好看!"林云青也恨恨地说。

我却不太明白,他口中的"这帮人"具体是谁。

4

林云青从大二就开始参加公务员考试,国考、省考、事业编一次不落。

学校辅导员知道林云青在校期间用虚假信息报名考试,虽没有明确制止,但暗地里也提醒他,即便笔试过了线,也千万别去参加资格审查,一旦查出来,小心被禁考。

林云青一直小心翼翼,中途有几次"过线",他也没敢去参加资格审查。对此,林云青既骄傲又懊恼,骄傲的是自己长期的学习没有白费,懊恼的是,由于身份虚假,自己只能眼睁睁看着"当官"的机会白白流失。

大四那年,林云青终于可以用真实身份参加考试了。为此,他提前半年开始给自己进行高强度"封闭训练"。为了节约精力,他不参加学校的实习,不去招聘会,也不准备考研,甚至毕业论文都上网找代写。

"祝'林局长'仕途的第一步一帆风顺啊!"考试之前,身边的同学和老乡们无不揶揄他,林云青面无表情。

但遗憾的是,那年的国考、省考、选调生、事业编他考了个遍,却没有一场过线,连参加面试的资格都没有。

为此林云青沮丧了很久,但他没有放弃,也没有去找其他工作,而是选择回家复习,明年继续。

"我今年运气不好,也没有发挥出正常水平,再努力一年,明年肯定能行!"毕业时,他坚定地对我说。

然而,命运有时就是这样捉弄人,以前用虚假信息报名时,林云青经常过线,但现在可以用真实信息报名了,却总是"不理想"。

第二年,第三年,第四年……他满怀信心地进入考场,却满怀失望回到家中。

林云青在小区里出了名。毕业四年,一直不工作,天天在家复习考公务员,很多邻居开始笑话林云青一家是"官迷"。

"他们家就没有当官的命,还折腾啥!"有人说。

对于这种说法,陈阿姨十分生气。"让他们走着瞧,哪天云青当了官,气死他们!"

母亲想劝陈阿姨,不要总让孩子盯着公务员考试,现在就业的路子那么多,没有必要在一棵树上吊死,但一开口就被陈阿姨顶了回去。

"你老公是转业军官,你们一家吃香喝辣,没人敢欺负,哪能体会我们这种小老百姓的艰难!现在云青努把力,以后当了官就能造福子孙后代!"

母亲只好作罢。

5

其实我也很是奇怪,为什么林云青如此认真备考,却始终考不上,难道真是以前把考运用完了?不过后来,一位大学老乡道出了玄机。

"他考不上纯属活该,你看看他报的岗位,离家远的不去,工作苦的不去,事儿多的地方不去,不是实权部门不去,基层不去,穷地方不去,名头不好听的地方不去。他想去的岗位,全中国人都想去,次次考录比都是几千比一,他能考上才怪!"

一年寒假,我和母亲去林云青家中做客,看到他还在忙着复习考公务员,想起此前老乡的话,便劝他:"先别挑岗位,考上再说。"

云青哥也有些动摇,沉思了片刻。但没想到这话惹怒了陈阿姨,她突然满是恼怒地指责:"你说这话什么意思啊?你是不是看不起你云青哥?那种岗位是人去的吗?钱少、事多、离家远,别人都不考凭什么让你云青哥考?"

"陈姐你误会了,孩子的意思是他先考上一个工作,以后可以想办法调。云青也二十八了,不上班也不找对象,眼见着就耽误下去了。"母亲急忙圆场。

"二十八怎么了?我们云青等得起!你没见现在的小姑娘,只要对方是公务员,都上赶着要嫁,三十二的娶二十三的比比皆是,他真要是考到'老少边穷'的地方去了,那才真是耽误了!"

6

研究生毕业之后，我和林云青同一年考上警察，不过他在本市，我却远在湖北。这已经是他参加公务员考试的第七年。

表面上，陈阿姨对我充满了溢美之词。"你云青哥不如你。你是研究生入职，副科待遇。他是本科生入职，科员待遇。"

但背地里陈阿姨一家根本看不上我的工作。

"我们家云青考的是大城市，家门口，你看那个谁（指我），考不上大城市，才去的湖北那个又小又穷的地方，哪能和我们比，他将来娶的媳妇都是乡巴佬。"

我听了很生气，母亲劝我别和他们家一般见识，但能看得出心里也不是滋味。

陈阿姨依旧在夜市摆摊，但自从云青哥考上警察之后，她的腰板明显硬了起来。

听母亲说在陈阿姨的"宣传"下，现在大半个夜市的摊主都知道林云青考上了本市警察，还分到了附近的派出所。很多人开始在陈阿姨面前大肆夸奖林云青。

陈阿姨很享受这种感觉，一次母亲去逛夜市，听到陈阿姨冲着周围几个摊主骄傲地说："我儿子就在咱辖区的派出所上班，就管咱们这块，以后你们有事儿跟我说就行！"

母亲和我通电话时说起陈阿姨的现状，好奇地问我："你在那边也是这么厉害吗？啥都能罩得住？"

我不禁笑出声来。

"我就是一派出所民警,有什么罩得住罩不住的,别听陈阿姨的。"

上班之后,林云青和我的交流又多了起来。毕竟是同行,虽然不在同一省份任职,但工作内容都差不多,有时我们也会通过微信和电话分享一些彼此辖区的逸闻趣事。

林云青大我两岁,想事情也显得比我"成熟"很多。上班之后,他一改大学时独来独往的性格,变得极善与人交往。

"有空回来找我玩,我给你介绍几个哥们儿,都是咱这边有钱有势的老板!"林云青在电话里兴冲冲地对我说。

听了这话,我心里却有了些不好的预感。

2015年春节,陈阿姨提着"礼品"来到我家。父母和我都十分诧异,虽然两家是二十几年的邻居,但从没有送年礼的先例。母亲推辞了半天,陈阿姨却一个劲儿让母亲"别客气"。一边说还一边把礼品盒打开,里面是两条香烟和两瓶酒。

"嗨,年前云青的朋友送来几箱东西,我们也吃不了,这不,咱这么多年的朋友了,我给你们提过来了。"陈阿姨春风满面地说。

我立刻明白了她的意思。

母亲不好驳了陈阿姨的面子,只好先把东西收下,又暗地里吩咐我抽空给林云青送回去。两人在客厅坐下聊天,陈阿姨还不经意地问起母亲我今年回家带什么回来的。

"他啥也没带,就带着张嘴回来了!"母亲跟陈阿姨开玩笑说。

"不对,他还算有点儿孝心,临进家门之前从超市买了两盒松花蛋。"母亲笑着补充道。

"唉,你说云青这孩子也是,就在本地上班,大过年的都不回家,光让他的朋友往家送东西。我就盼着他回来和我过个年,哪怕他就提一盒松花蛋回来都成。"陈阿姨更加喜笑颜开了。

7

我当然知道云青哥那些"朋友"是怎么回事。我不放心,劝他"自重",林云青说我是"榆木脑袋""憨货"。

电话里,母亲告诉我陈阿姨不再摆夜市了。

"听说有个公司请你陈阿姨去做'顾问',一个月3000多块呢!"

"啥'顾问'?陈阿姨干了十几年夜市,那公司的老板要请她去传授怎么'练摊'吗?"

"谁知道呢,听说是你云青哥的朋友介绍的。"

陈阿姨成了小区里有头有脸的人物,邻居们一提起林云青,纷纷竖起大拇指。"云青这孩子有出息,从小就与众不同!"

2016年春节休假,林云青约我出去吃饭。酒桌上除了他和我,还有一群他的"朋友"。都是一些"刘总""王总",还有一个平头戴着金链,好像是本地一个有名的混子。

听说我和林云青是同行,"刘总""王总""金链"们纷纷热情敬酒。席间,他们好像商量着要合伙做什么事情,要给林云青"入一份干股"。

酒足饭饱,"王总"提议去夜总会继续聊。我要求回家,林云青嫌我不给他面子,在酒店门口冲我发脾气。

"林云青,你他妈疯了吗?"我忍无可忍,第一次直呼他的名字,以前我都是喊他云青哥。

"你他妈的不怕被人举报了,吃不了兜着走啊!你考了七年公务员,就是为了这个?"

林云青用奇怪的眼神看着我,撂下一句:"傻×,别说有事儿我没想着你。"

8

母亲多虑了,我回家休假期间压根儿没有遇到陈阿姨一家。

打电话给林云青,无人接听。我问母亲云青哥出什么事了,母亲说他好像犯了什么错误,挺严重的。那天听陈阿姨在家又哭又骂,母亲想过去问问情况,但陈阿姨死活不给开门,以后也没见林云青回来过。

"是不是上次他和别人合伙做生意的事情?"我试探着问母亲。

母亲突然紧张起来,连忙问我有没有跟他掺和,我说怎么可能,母亲长出一口气。

后来，在一位关系不错的大学同学口中，我得知了林云青的事情。

林云青的确毁在了那件事情上。同学说，那个"刘总""王总"在林云青的辖区里搞了一个"不夜城"，里面有涉黄、涉赌的服务。林云青给人充当保护伞，还入了"不夜城"的干股。

"这事儿怎么处理的？"我问。

"'脱衣服'（调离公安系统）是肯定的了，估计这事儿要追究他的刑事责任。"同学淡淡地说。

"他上班满打满算才四年啊，就这么完了？"

"他活该！一开始考公务员就用心不良，考上之前骂社会不公，等自己考上了，比他骂的那帮人还坏！"

尾 声

20 天探亲假期间，我一直没有见到对门的陈阿姨。假期结束我回了单位，后来和母亲通电话，听说陈阿姨一家搬走了。

"林云青呢？他最后到底怎么处理的？"我迫切想知道林云青的结局。

"不知道，有人说他被调走了，有人说他被公安局开除了，还有人说他进监狱了。"

再也娶不到好妻子的官二代

1

2016年5月的一天,我正在所里值班,突然门口传来一阵吵闹,紧接着一男一女相互拉扯着走进了报案室。男的拽着女的头发,女的扯着男的衣服。两人一路还在骂骂咧咧。

"你们干什么!都放手!"一旁的同事赶紧喝止,但两个人谁也不相让,闹得脸红脖子粗,直到我上去帮忙,两人才分开。

"疯了吗?跑到派出所来打架,想'住进去'了?"同事吓唬他们,两人粗气喘了好一会儿,才渐渐平静下来。

简单了解情况后,得知二人是夫妻,因为家庭纠纷,要求警察处理。

类似的事件很常见,只是站在我面前的这对夫妻略有违和感——妻子身高一米七左右,长发披肩,身材苗条,容貌姣好;

丈夫身高一米六左右，矮胖身材，腆着肚子，右腿还有点儿残疾，30岁出头的年纪已经谢了顶。两人站在一起，外人谁也想不到这会是两口子。

我把两人带进了调解室。妻子叫乔洁，丈夫叫白志斌。双方因为离婚问题发生了争执。乔洁要求与白志斌离婚，但白志斌要求乔洁给他生个孩子再谈离婚的事情。双方因此产生争执，继而发生厮打。

我暗自诧异，平常闹离婚的大多是为孩子的抚养问题而争执，今天这位丈夫却要求妻子"生个孩子再离婚"，实在让人匪夷所思。

"她从结婚开始就不生孩子，即便怀上了也找理由打掉，你说她是什么意思？"乔洁默不作声，我心中隐约猜到了几分。

"她是你的妻子，不是你生孩子的工具，生与不生不是你一个人说了算的，你再动手打人试试？"听我这么说，乔洁有些感激地看了我一眼，白志斌却气哼哼地低下了头。

调解过程中，乔洁一口咬定要与丈夫离婚，对于两人之前发生的争执则可以不予追究，白志斌也咬死就是不肯离。我只好跟他们说，派出所只处理打架的事情，要离婚的话还是去法院吧。两人悻悻离开。

2

不料，仅仅过了一周，这对夫妻便又再次来到了派出所。

这次，妻子脸上带着手掌印，头发凌乱不堪；丈夫的脸上多了几道抓痕，身上的衣服也被撕得七零八落。

"过不下去就离婚，这么打，真以为派出所不敢拘留你们吗？"我说。

"就是因为我要离婚，他才动手打我！我说协议离婚，他不愿意。今天我要到法院去，他知道后就开始动手。"妻子诉苦。

"离婚？凭什么？我算明白了，你就是个骗婚的婊子，想坑我们一家！"白志斌怒目圆睁，一边吼一边又要冲上去。

我急忙招呼同事把二人隔开，打算先带白志斌去办公室，稳定情绪，了解情况。临出门时，他还冲妻子乔洁叫嚷："姓乔的，我把话放在这里，就是最后法院判了离婚，你也别想活着走出我家门！"

"派出所不是你斗狠的地方！"我一边训斥，一边和同事连拉带拽地把白志斌弄进了办公室。

一进办公室，白志斌便激动地冲我表态："她不给我家留下个一男半女，这婚我坚决不能离。"

"上次不是跟你说了吗？生不生孩子你们自己商量，为啥打架？"拉了把椅子让白志斌坐下，我直奔主题。

"她把我妈气住院了，我今天叫她去医院跟我妈认个错，结果她又跟我提去法院离婚，我实在气不过就动手了，怎么处理我认了！"

"你俩到底怎么回事儿？"我忍不住问。

"也不瞒你，这事儿想起来我就觉得窝囊……"

原来2010年，白志斌和妻子乔洁都在市里的一家大型国企上班，但彼时两人的身份却截然不同。白志斌是"正式编制"，父亲又是单位的主要领导，而妻子乔洁只是刚进单位的一名"劳务派遣"临时工，家里还有一个卧病在床的父亲。

那时，31岁的白志斌和23岁的乔洁都没结婚。乔洁长得漂亮，性格也好，白志斌对她一见钟情。虽然明知乔洁根本瞧不上自己这五短身材、高中学历，但白志斌相信，自己的"背景"是临时工乔洁难以拒绝的。

"那时候，像她这种'派遣工'能不能转正，甚至能不能继续干下去，就是我爸一句话的事儿。"白志斌说。

讲起直到31岁还没结婚，白志斌说自己当时"挑花了眼"。虽然长相一般、学历有限、右腿还稍有残疾，但由于父亲身居高位，给他介绍对象的人也有很多。介绍的姑娘也都相貌周正，身体健康，其中不乏长相不错，在单位干"派遣工"的女孩子。

白志斌在择偶上心气颇高，白志斌的母亲也倾向于找个漂亮的儿媳妇。

"儿子现在这个样子，就是因为他爸的基因不好，不找个漂亮点儿的媳妇，以后还得生个丑儿子！"白志斌的母亲如是说。

虽然乔洁开始看不上白志斌,但经过白志斌全家的不懈努力,一年之后,乔洁最终还是接受了白志斌,在全厂人的瞩目中当上了"书记儿媳"。和白志斌结婚半年后,乔洁成为同期105名"劳务派遣"工中唯一一名转为正式职工的人。

"当时她爸得病,医院天天催她去交费,她家一点儿钱都拿不出来,最后还是我爸想办法从厂里解决的!"

"要不是她进了我们家,不是有我爸的关系,她能转正?现在她不但转正了,还提了干,当上了科室干部,转头就不认人了!"说到这里,白志斌声音高了八度。

"那你爸呢?你爸不管你俩离婚的事儿吗?"我问白志斌。

"操……"白志斌啐了一句。

其实我知道,白书记年前已经因为经济问题和滥用职权问题被纪委带走了,当时此事还在我们这个不大的城市里闹得满城风雨。

3

"离婚?她想得美,我们家正好的时候她嫁进来了,想得到的都得到了,现在我们家落难了,她拍拍屁股就想走,哪有这样的事儿?"

"你自己的情况自己清楚,人家现在就是不想和你过了,你又能怎么办?"我不好把话说明,但明眼人都清楚,失去了"衙内"的身份，白志斌那些靠"衙内"身份得到的东西也注定会得而复失。

"那离婚也行，先生个孩子，生了孩子再离！"白志斌气呼呼地说。

"你这想法……"我简直不知道该说白志斌点啥了。

白志斌的母亲就是因为"留后"问题，与乔洁发生了激烈的争吵，急火攻心进了医院。我想白母也明白，一旦离了婚，就凭白志斌现在的条件，想再找个像乔洁一样的妻子基本就是做梦。

我决定再去找乔洁谈谈，一来这种事情不能偏听偏信，二来也看看双方关系还有没有继续协调的必要。

乔洁本不想和我深谈，做了一番工作后，她终于决定开口。

"我承认，我当初嫁给他的动机确实不纯。"乔洁不否认白志斌对她的指责。"但我就是个普通工人家的孩子，面对那种情况，我有选择的余地吗？"乔洁反问我。

"别扯什么'普通工人家的孩子'，这么多普通工人，没见谁家孩子做你这种事儿。"我也是普通工人家庭出身，对乔洁把"普通工人"四字当成说辞很是不满。

"我做哪种事儿了？白志斌跟你说他家帮我转了正、提了干，那他有没有告诉你当初他爸妈是怎么逼我嫁给他的？"

白志斌倒真没给我说过这事儿。但仔细一想，无非是"等价交换""大树下面好乘凉"嘛。难不成朗朗乾坤，还有书记给儿子"强抢民女"的事？

"我就知道他不会说……"乔洁嘀咕。

乔洁在进厂工作之前已经有了男朋友,是单位的技术员小沈,两人还曾是大学同学,乔洁选择进厂干"劳务派遣",一定程度上就是想和男友在一起工作。

白志斌的母亲私下里托人问乔洁时,乔洁明说"已经有男朋友了"。这并不能让白志斌放弃,他被乔洁迷得神魂颠倒,有事没事就去找乔洁"贴乎"。

男友小沈对白志斌的做法十分气愤,但对方是书记的儿子,自己只是厂里的一名小技术员,下不了"冲冠一怒为红颜"的决心,只好就这么忍着。

白书记虽然没有直接出面干涉过此事,但厂里的中层干部多次担任"说客"来"点拨"乔洁:"女人一辈子就两次改变命运的机会,一次是投胎,一次是嫁人,多少人想嫁进白家,你这傻孩子怎么这么不上道呢?"

"你说,那个小沈家也是农村的,家里全靠他这点儿工资支撑。你爸爸又有病,你俩结婚,这不是穷上加穷嘛!真要是跟志斌结了婚,你转正这事儿白书记能不管?正式职工的工资有6000多元哪,是你现在的三倍!"

也有人直截了当地告诉乔洁:"你这种身份的职工,能不能继续在单位干下去就是白书记一句话的事儿。你要是不打算和志斌好,就做好走人的准备吧!"

"你说这不成了卖身吗?"乔洁想不通,自己只是想安安分分找个工作,照顾好重病的父亲,为什么要以婚姻作为代价。

即便如此,乔洁还是没有答应白志斌,反而和小沈商量着赶紧结婚,幻想着两人结婚之后,就能摆脱白志斌的纠缠。

然而,就在两人放出打算结婚的消息之后不久,单位人事处也发出了一个令二人始料未及的消息——技术员小沈调"援疆项目部"任用,为期五年。

两人都震惊了。小沈去找领导要求退出项目组,领导说这是"政治任务",要退出就辞职。小沈入职时与单位签订过最低服务年限合同,按合同规定,如果此时辞职,小沈需要向单位缴纳5万元的"违约金",并退还3万元的"培训费",而这笔钱对于家境贫寒的小沈来说无疑是一笔天文数字。

乔洁想辞职和小沈一同去新疆,但无奈病父在家无人照料。一来二去,两人全无办法,只得抱头痛哭一场。

没过多久,小沈便随项目组去了新疆,临走前两人立下海誓山盟,约定等小沈休假回来,两人便去民政局领证结婚。岂料仅仅过了三个月,新疆那边就传来消息,小沈在一次野外测绘工作中不幸遇难。

"那个项目组所负责的项目危险系数很大,去的都是一些经验十分丰富的老同志。本来根本轮不到小沈所在的科室派人,就是派,也绝对不会派小沈这样刚刚参加工作不久的新人去,但最后偏偏就把他派去了……"乔洁说着说着哭了起来。

"你怀疑这是领导故意调走小沈,把你们两个分开?"我问乔洁。

"岂止是怀疑,我甚至觉得他的死都是一场阴谋!"

"这种事情不能乱说,你有证据的话可以去举报。"野外工作出现伤亡事故并不罕见,但小沈在那个关口出事确实比较敏感,然而是否关乎"阴谋",不是哪个人凭空就能说的。

"就算不是阴谋,小沈这事儿他们家也脱不了干系!要不是他们授意把小沈派去,他怎么会出事?"

我也叹了口气。"那你后来怎么还要嫁给白志斌呢?"

"我确实是没有办法了。"乔洁哭得更厉害了。

4

乔洁的父亲老乔以前也是这个厂的职工,不过早在1997年便已经"协解"(协议解除劳动合同),原本的"协解"协议上规定原单位要负责老乔等人的医保等事项,但实际上并没有人真正过问这些事情。

同批的"协解"员工为此四处上访、告状,后来单位也承诺为他们解决问题,但始终拖着,一直没有落实。此前老乔父女虽然着急,但想到"反正没解决的人那么多,单位终究会给个说法"。

但在2011年,老乔一场大病耗尽了家里所有积蓄,父女两人开始迫切希望单位能够赶紧落实老乔的医保问题。

"我家这边没有什么亲戚,我们连借钱的地方都没有。以前我爸为办医保的事情前后给单位交过一部分钱,当时我们就想着,要么单位能把他医保的事情赶紧落实,要么就先把之前交的那部分钱退回来,让我们去把医药费缴了。"

乔洁去了很多部门,但得到的大多是"知道了,回去等消息吧""情况已经备案了,还在等上级通知"之类的说法。实在没办法,乔洁买了礼品去了一位分管此事的领导家,想让他帮忙照顾一下父亲的情况,快些把事情办了。

"那位领导是个好人,他没收我的东西,但告诉我白书记过问了'协解'职工医保的事情,还亲自划定了一批要求'尽快处理'的人员名单,可是里面并没有我爸爸的名字……"

"可能是白书记不了解你们家的情况吧?"我插嘴说。

"我们家的情况在工会是挂了号的,全厂都知道,他是主要领导,怎么会不知道?"

那位领导说只要白书记有批示,乔洁父亲的医保立马就能办,建议乔洁还是去白书记家里"坐坐"。虽然当时乔洁还没走出小沈遇难的阴影,但为了父亲,还是硬着头皮去了。

白书记不在家,白志斌的母亲隐晦地告诉乔洁,白书记也很想帮乔洁父女渡过难关,可是老乔的情况"很特殊",这批办不下来。但是,只要乔洁同意和白志斌"好",白书记可以"担着风险",让这事"特事特办"。

"以后都是一家人了,老白为自己亲家冒点'风险'是应该的!"白志斌的母亲这样对乔洁说。

明知对方给自己下了套,但走投无路的乔洁为了父亲的医药费,带着一腔的怒火、怨气和绝望跟白志斌走进了民政局。

一旁做记录的同事气得摔了杯子。

"白志斌怎么不说这些事儿呢?刚才他要是说了,我非当场给他两个大耳刮子不可!"同事在一旁怒吼。

"他们一直以为给我爸爸落实了医保,又帮我转了正、提了干,让我过上了有车有房的生活,我应该感激他们,可他们不知道,其实我心里恨死他们了!"

"我爸爸的医保按照规定那是早该他们解决的,他们却把这个当成要挟我的筹码,他们怕我反悔,一直拖到我和白志斌领了证才给落实,医保办下来不到两个月,我爸爸便走了。"

"如果当初我和白志斌一样是正式编制,转正、提干这些我都可以靠自己工作干出来,车子、房子我也可以和小沈一起攒出来,根本用不着他们'照顾'我、施舍我!"

"本来我有我爱的人,有自己的生活和理想,他们为了给白志斌'讨个漂亮媳妇',愣是毁掉了我的生活……"

我愣愣地听她发泄,没办法接话。

"他们不是能一手遮天吗?苍天有眼,白老头终于'进去了',白家的房子、车子、存款该扣押的扣押,该冻结的冻结,我现在就是要和他离婚,让他们家就此一无所有,也尝尝绝望的滋味!"

"生孩子？让他做梦去吧！"乔洁最后说。

一个认为妻子应当"知恩图报"的丈夫，一个认为丈夫"报应不爽"的妻子，两个面面相觑的民警，这场调解看来是做不下去了。

"你看看笔录材料，没什么问题的话签字按印吧，你们之后如果要打离婚官司的话，这些材料可能用得着。"我不愿劝乔洁和白志斌夫妻和好，也不好明说支持他们离婚。我们履行完自己的程序，其他该法院去处理的事情，还是交给法院去办吧。

5

不久，白志斌和乔洁以离婚告终。

离婚时，乔洁放弃了一切财产，离婚后又从单位辞去了工作，不久便去了外地，从此不知所踪。

乔洁和白书记一家的事情成了那个单位职工们茶余饭后的谈资。有人骂乔洁不要脸，白书记在位时帮了她那么多，一出事她就要和白家撇清关系；有人说这是报应，白家多年来在厂里飞扬跋扈，现在活该家破人散；也有人感叹乔洁这姑娘城府太深，一直念着小沈，嫁进来是为了报复白家。

白志斌失去了"衙内"的地位，凭自己的条件又很难找到中意的媳妇，因此至今没有再婚，也很少在社区露面。

倒是白志斌的母亲，夏天经常在纳凉的人群中破口大骂乔洁:"这个小婊子,狗东西,吃干抹净看我们家不行了,拍拍屁股就走,连个孩子都没给志斌留下,她把我们坑成这样,我以后就是做了鬼都不会放过她!"

纳凉的人群都乐得听个热闹,虽有人迎合着指责乔洁,但多数是在看白家的笑话。

一次,跟省纪委的朋友一起喝茶,我讲起乔洁的故事。朋友说,这个人他们知道。

我很是惊奇,刚想问他是如何知道的,但突然心中一动。

"难道说白书记的落马……"

朋友意味深长地看了我一眼,笑而不答。

我的父亲是毒贩

2015年高考前夜,我和专案组同事一行人分坐在三台车里,在大雨中静待天亮。

贩毒嫌疑人王庆来被两名民警夹着呆呆地坐在后座,闭着眼睛,心中不知在盘算什么。车上很安静,只有雨点敲打车窗玻璃的声音。

五点钟,雨停了,我下车点了一支烟,驱赶一夜未眠的困顿。旁边车上的同事也下车伸懒腰,我们相视一笑,便又被各自的车长唤回到车上。

六点钟,已经有居民开始出门晨练或者过早(吃早点),有人看到我们三台车里坐满了人,大清早就停在楼前很是诧异。有几位老者上前想一探究竟,同事亮了一下警官证,示意他们赶紧离开。

七点多,一个女孩终于从楼梯口出来,是王晓晔。她身着校服,左手拿着水壶,右手拎着一个透明的塑料文件袋。

王晓晔是王庆来的女儿,此时,她似乎下意识地向我们这边望了一眼,后排的同事赶紧把王庆来的脑袋按下去。

我们在等这一刻,王晓晔要出发去高考了。

1

王庆来今年45岁,有八年的吸毒史。以前开过一家装修公司,辉煌过几年,后来染上毒品,公司慢慢荒废了。一年前,王庆来不知从哪里寻来路子,开始以贩养吸。

几年前,王庆来的妻子不辞而别,据说是跟王庆来以前的一个生意伙伴跑了。头几年还偶尔电话联系一下女儿王晓晔,后来便彻底消失。老婆跑了之后,王庆来也不怎么回家了,女儿王晓晔独自料理自己的生活,俨然成了一个"孤儿"。

2011年,王庆来被送往戒毒所强戒(强制隔离戒毒)前,王晓晔来派出所给王庆来送衣物,我第一次见到了这个小姑娘。那年她虽是个读初中的小女孩,但脸上却带着同龄人没有的成熟。

当时,王庆来家在我所管理的社区,由于王晓晔特殊的家庭情况,我和她的几任班主任老师一直都有联系。类似家庭中的孩子,很多都出现了这样那样的问题。我担心王晓晔,便联系她当时的班主任老师一同进行过几次家访。

开始时,王晓晔对我的到来很是畏惧,从不敢抬头说话。去的次数多了,双方就没那么生分了。王晓晔和同龄的小女孩一样,有着自己的小心事、小梦想,也有自己的爱好和喜欢的明星。但父亲王庆来一直是交谈的禁区,无论之前聊得多么愉快,只要话题扯到王庆来身上,晓晔便咬起嘴唇不再接话。

"这孩子命苦啊,怎么生在这么一个家庭呢?"这是她初中班主任说得最多的一句话。

每次家访结束后,我和班主任老师都会给她留下点儿钱,并嘱咐她把钱收好,不要让王庆来知道。毒品是个巨大的窟窿,王庆来毒瘾上来,难保不会打这些钱的主意。

后来我听说,王晓晔每次都会用小本子把我们给她的钱数记下来,班主任感叹:"小姑娘自尊心强得很,她这是打算以后还给咱们呢……"

王晓晔中考时,王庆来躲高利贷跑路去了外地,要账的马仔频繁上门骚扰。王晓晔在本地没有什么亲戚,我和班主任老师商量了一下,在派出所对面的宾馆给她开了一间房,晚上我负责给她"看场子",白天班主任老师护送她去考试。

王晓晔很争气,当年以优异的成绩考上了市里的重点高中。学校为照顾王晓晔的情况,还给她免去了高中三年的学杂费。王庆来自己都朝不保夕,更拿不出钱来供女儿生活,好在靠着周围人的接济,王晓晔磕磕绊绊地终于读到了高三。

王晓晔学习刻苦,性格温顺,在班里还当了班干部。别人不说,外人根本看不出她来自一个那样的家庭。

5月底，她的班主任杨老师告诉我，王晓晔最后一次模考进了全校前二十名，有望冲击武汉的名校。

"她打算考到哪里？"我问。

"照她现在的成绩，北清复南（北大、清华、复旦、南开）这样的名校有些困难，但去武汉的几所'211'应该没什么问题。"

听到这样的消息，我真替她高兴。

2

2015年6月6日，王庆来等人的贩毒案进入抓捕阶段，主犯王庆来在仙桃市被抓获，有情报称大批毒品被他藏在家中某处。当时我被抽调到专案组，正好参与了这次抓捕。

禁毒支队领导指示专案组带王庆来回家做毒品搜查，王庆来拒绝配合，在车上拼命挣扎，两个民警使劲才把他按在车后座上。

"王庆来这次完了，根据我们前期掌握的情报，这回的货估计够他在里面蹲半辈子了。"同事在车上悄悄告诉我。

凌晨三点，我们来到王庆来家。车外大雨瓢泼，不时滚过几声闷雷。辖区派出所的同事已经在门口等待多时。见到我们，一名派出所老民警拉住组长的手说："有个情况我需要跟你说一下……"

原来，第二天就要参加高考的王晓晔此时已经睡下，一旦我们进屋搜查，势必会惊醒她。

王庆来作为王晓晔的父亲一直是失职的，但谁也没想到他就连案发都赶在了王晓晔的人生节点上。

我们组长有些为难，贩毒案办到现在，现场搜查是固定证据的必由之路，但是一旦进屋搜查，按照规定王晓晔也必须起身配合民警工作。

通常情况下，毒品案件的搜查不会顾及这些，但今天情况有些特殊，王晓晔毕竟是个无辜的孩子，高考前夜目睹父亲被抓，不知会给她明天的考试带来多大影响。

为了稳妥起见，组长召集大家在王庆来家楼下开短会商量对策，希望把此事对王晓晔的影响降到最小。

我们决定先做王庆来的工作，用女儿高考的事情说服他带我们进屋，在尽量不惊醒王晓晔的情况下快速取证。换句话说，就是让王庆来自己把窝藏的毒品交出来。

我把王庆来从车里拽出来，向他出示了搜查证，问他："女儿明天高考？"

王庆来不置可否地看着我，憋出一句："好像是吧。"

他的心思常年在"出货"上，根本不记得女儿高考的事情。

"家里钥匙带了吗？"我问。

王庆来点点头。

"那你打开门，静静地带我们进去，把你藏的东西交出来。"

"我家里啥都没有,不知道你们要什么。"王庆来装傻。

"没有证据能抓你吗?赶紧的,你女儿天亮就要去考试,按正常程序搜查,你女儿这觉还睡不睡了?"我看他装傻有些生气。

王庆来不说话也不挪步子。他心思缜密,又多次被公安机关打击,藏货非常有一套。他也知道,找不到家中的毒品,他所面临的惩罚就要轻得多。

"这也是给你个从宽处理的机会,你别有侥幸心理。如果你不同意,我们就按正常程序进屋搜查,到时候再搜出来,可就不算是你主动交代了。"

我的话似乎对他没什么作用。王庆来看看我,又抬头看看五楼自家的窗口,依旧一言不发。

凌晨三点多,整个居民楼一片寂静。

3

王庆来和我们僵持着,一口咬定家里没货,"不信随便搜"。

"既然不配合就别和他废话了,进屋吧!"组长一把拉起王庆来准备上楼,其余同事打开执法仪。

"等一下……"我真心不想现在上去把王晓晔吵醒,虽然王庆来不配合,但我还是拉住组长,希望还能有折中的办法。

"按理说孩子是无辜的,我也不想这时候把她吵起来,但现在连他爸都不配合,你我还能有什么办法?"

"真就这样上去,万一,这孩子明天……"同事也很担心,但抓人之后的案件办理有时间限制,所以十分棘手。

组长听出了同事的意思,想了半响。"要说不惊动她,目前也只有一个办法,那就是等到明天他女儿离开之后我们再进屋……"

"那我们先带王庆来回去,反正现在离天亮也没几个小时了。"我说。

"不行,王庆来是在街上抓的,难说现场有没有走漏消息。万一他还有同伙没有归案,我们前脚走了,他同伙后脚来把货弄走了怎么办?"组长说。

"留一台车,我和派出所同事在屋外守着?"我建议。

"这天气?"组长指了指天。

"嗨,有车怕什么,一年不就这么一次嘛。"一位派出所的民警也说道。

组长又征求了其他几位同事的意见,跟领导电话汇报后决定:"要等一起等吧,案子办了那么久,也不在乎最后这几个小时了。"

"那程序上……"有同事担心我们的等待可能会有违执法程序,给将来证据上庭带来麻烦。

"真要出了问题,我扛了。"组长一字一句地说。

终于等到王晓晔离开,我们下车开始搜查工作。

临上楼前,组长最后一次问王庆来:"最后一次机会,自己交出来还是等我们搜出来？"

"我没有货，你们搜吧。"王庆来还是不松口。

王庆来家所在的旧公房不像其他吸贩毒人员一样杂乱，三室一厅，家具摆设虽然陈旧，但被收拾得井井有条。王庆来长期不着家，一看便知是王晓晔打理的。

我们打开执法仪，带着王庆来从客厅开始搜查，之后是卧室、阳台、卫生间。知道王庆来很擅长藏毒，我们不敢轻易放过任何一个地方。然而令人诧异的是，一圈找下来，家里上上下下翻了个底朝天，除了在衣柜里找到一个自制的"吸壶"和两小包冰毒之外，并没有其他发现，更没有情报中所说的"大批毒品"的影子。

专案组很着急，王庆来很得意，甚至故意卖弄："抽屉里有烟，警官想抽随便拿。"

没有人动他的烟，民警们又铆足劲儿折腾了一遍，还是一无所获。

眼看已经过了11点，专案组民警已经整整24小时没有合眼，看实在搜不出什么东西，组长决定暂时收队，临走时吩咐民警把王庆来家收拾好，尽量恢复原样。

当天傍晚6点多，我接到王晓晔班主任杨老师的电话，杨老师说王晓晔哭着要找她爸爸，说怀疑王庆来被人绑架了。

听到这里，我只好实话实说，并请她帮忙做一下王晓晔的工作。毕竟高考还未结束，明天她还有两门考试。

杨老师在电话里长叹一声，挂断了电话。

4

由于没有搜出关键证据，王庆来当晚以吸毒被行政拘留。在去拘留所的路上，王庆来似乎有些得意。

6月8日，专案组开会，反复思考了整个办案环节，寻找哪里出了纰漏。同事挠着脑袋说："我的特情员信誓旦旦地说王庆来的货就藏在家里，怎么就是找不到呢？"

有同事怀疑到王晓晔身上，毕竟那晚她自己在家。如果是她察觉到了我们，灭失了父亲王庆来的货，那么我们那晚无疑是犯了一个不可饶恕的错误。

事到如今，我心里一团乱麻。一方面痛恨王庆来的狡诈，另一方面也不愿相信那晚真的是王晓晔做过什么。

领导暂时没有深究专案组的责任，只是要求我们再把现有的资料梳理一遍。散会之后，我找到组长，他只是叹口气，交代我找合适的时机接触一下王晓晔。

晚上10点多，我正在办公室整理材料，杨老师又打来电话，说王晓晔有事要见我。

我还没做好和王晓晔谈话的准备，想先推辞，但杨老师说她正在王晓晔家，最好今晚能见个面。王晓晔好像有什么重要的事情，当面说方便。

我只好跟同事交代一声，驱车前往王晓晔家。

见到王晓晔时，她正红着眼睛，伏在杨老师怀里，好像刚哭过。

王晓晔说,她要举报父亲王庆来吸毒。

以前王晓晔从不跟我聊关于她父亲的事情,第一次主动提起来,不知预示着什么。

我对王晓晔说,王庆来目前已经因吸毒被我们拘留,让她别想太多,考完试放松一下。

想起组长的要求,我便又装作不经意地问了王晓晔一句:"平时有没有见过你爸在家藏过什么东西?"

"见过。"王晓晔点点头,我心里一震。

"我之前看到我爸半夜爬窗出去,把一个塑料盒子放在了外面。"

说着王晓晔把我领到卧室窗边,我从窗户里探头出去,旧公房的顶楼外墙上有一条从楼顶直通楼下的雨水管道,上面有一个大漏斗。

我猛地一激灵,因为那个位置不在房间里,也从来没听说过有人在里面藏东西,因而在搜查过程中被我们忽略了。我不禁检讨之前的搜查行动,同时赶紧向组长汇报。

专案组收到消息,带着王庆来回到家中。王庆来依旧是一副无辜的表情,直到我们把他带到主卧室的窗户边上。

民警当着他的面从雨水管道的漏斗里取出一个长方形的塑料打包盒与一个黑色塑料袋,里面装满了用保鲜袋和避孕套包裹着的毒品。

"真他妈不要命，这么高，绑着绳子我腿都发抖。也真有你的，大半夜的敢爬上去放货。"那位爬出窗外取货的民警冲王庆来吼道。

王庆来身体一颤，随即一屁股坐在地上，汗水从额头上流下。

5

"其实那晚我也一直醒着，直到天亮。"后来王晓晔告诉我。

那晚，虽然我们没有上楼，但之前王庆来曾答应她当晚会回家，第二天陪她去考试，这让王晓晔十分兴奋。虽然长期以来都是自己一个人打理生活，但面临人生中的重要时刻，18岁的王晓晔还是需要亲人的陪伴。

然而，"嗨"完"冰"的王庆来早就把这事忘得一干二净，当晚在仙桃被抓时，他正盘算着一会儿应该去哪个夜场"散毒"。

王晓晔躺在床上辗转难眠，王庆来的电话打不通，她每过一会儿就爬起来，去窗口看看父亲有没有回来。

就这样一直等到凌晨三点多，当王晓晔再度从窗口向外看时，发现一群人正裹挟着父亲，好像在讨论着什么。

自从王庆来染上毒品后，来找他的人五花八门。有"道友"、有毒贩，也有高利贷派来找父亲收账的"小弟"。

那帮人或是神经兮兮，或是凶神恶煞，有时还会对晓晔动手动脚。王晓晔不知道来的是哪一伙人，吓得缩在床上，一直熬到天亮。

没想到我们自以为是守护的等待到底还是吓到了她。

尾　声

王庆来最终交代了犯罪事实，因非法持有毒品罪，贩卖、运输毒品罪，非法持有管制器具罪，故意伤害罪等数罪并罚，被依法判处无期徒刑，剥夺政治权利终身。

2015年7月底，王晓晔以文科574分的总成绩被武汉中南财经政法大学录取。

凭什么要我管我妈

作为基层民警工作至今，我曾面对过形形色色的人群，工作自然力求平静客观，可内心难免会有波澜。

辖区王桂芝老人家的院门上一直挂着一个"五好家庭"的牌子，可如今，每当我走到这块牌子下面时，都会忍不住冷笑。

同事问我笑什么，我说："这牌子还是改成'五好保姆'更贴切。"

"为什么？"

"雇主不用给保姆养老啊！"

1

2014年年底的一个晚上，派出所接到报警，称一位独居老人倒在家中地上，叫不开门，怀疑是出了意外，请求民警帮助。

老人叫王桂芝，74岁，家住辖区一栋老公房的一楼。我和同事到达现场后，120急救车已经在门口了。

"晚上我到王嫂子家串门，她家卧室亮着灯但没人开门也没人回应。我心里觉得不好，就让孙子翻院墙进去看看怎么了，结果孙子出来之后说从窗户里看到王奶奶躺在地上呢……"一位邻居急切地说。

社区里住着很多独居的留守老人，之前也发生过几起老人突发疾病在家中过世，直到遗体发出味道才被人知晓的事情。为此，社区专门在留守老人之间成立了邻里互助社，每天互相见面报个平安。今天便是同组老人报的警。

我和同事决定自行破门而入。老人还活着，倒在地上痛苦地呻吟，声音十分微弱。120医生紧随我们进屋，简单抢救了一下便把王桂芝抬上救护车。

我向邻居们打听王桂芝亲属的联系方式，可几个子女的电话号码没有一个能够打通。

我有些诧异，呼叫指挥中心要求帮忙查找。

过了好一会儿，指挥中心才回复说，已经联系上了她的女儿，但对方称自己离医院很远。指挥中心命我和同事前往医院，等待王桂芝的家属。

来到医院时，王桂芝已经被送入急诊手术室抢救。见我们来了，护士不断地催促我们，赶快把王桂芝家属找来签字。

我只得把从指挥中心要来的王桂芝女儿的电话交给护士。没一会儿，护士气呼呼地从办公室出来，劈头盖脸地冲我吼道："哪儿有这样的家属？祝她出门就被车撞死！"

我和同事更诧异了。护士告诉我们，王桂芝的女儿是联系上了，但她现在拒绝前来，理由是"大哥大姐都还没到，我不能一个人去"。

"她啥意思？"同事问护士。

"她要求我们同时通知她的大哥大姐，不能让她自己来签字，说她做不了这个主！"

"什么叫做不了这个主？"

"说白了是费用问题。人是你们送来的，还是你们去协调吧。"说完护士又急匆匆进了手术室，留下我和同事两人面面相觑。

2

直到当晚王桂芝被护士从手术室里推出来，我们也没能把她的孩子们找来。

"她家人呢？"护士不满地问我们。

"老大老二联系不上，老三不来。"同事无奈地回应道。

"她说不来就不来？你们怎么不去把她抓来？"

"你说抓就抓啊？我们这不还在医院陪着嘛？都是干工作，你冲我们发什么火！"同事有些窝火，怼了回去。

护士气呼呼地推着王桂芝往病房走，我和同事跟了进去。

经过一番抢救，王桂芝暂时脱离了生命危险。医生告诉我们，王桂芝本身患有高血压，右腿以前出过车祸，还没恢复利索，另外心脏也不太好。今天可能是在屋里不慎摔了一跤，把以前的伤腿又摔断了，自己又爬不起来。幸亏发现得及时，不然大冬天就这么在冰凉的地板上趴一晚，到不了明天人就没了。

"她的家属呢？不是说联系上了吗？现在到哪儿了？"医生问我们的还是这话。

我只得又解释一遍，医生听了摇摇头走了，临出门前还小声骂了一句："畜生！"

王桂芝在医院住了半个月，我们终于联系上了她的另外两个孩子，本以为这事就算是解决了。

一天，医院报警称有人逃费。我和同事赶过去，远远就听到住院部办公室里有人叫骂。

"你们这是非法拘禁！我要报警！我要报警！"

"我们已经报警了，你别嚷，这是在医院。"

走进办公室，一个中年女子坐在办公室沙发上，身旁站着两名医院保安。见我们来了，女子大声呼救："警察同志救命，他们要绑架我！"

"怎么回事？"我问现场人员。

"她就是王桂芝的小女儿，刚刚和她大哥大姐在病房里打了一架，把我们的心电监护仪都干到地上了……"

"那俩人呢？"

"打完跑了。她也想跑,被我们拦下来了。"

"怎么回事?"我又转头问王桂芝的小女儿。

"我没钱!"她答非所问。

"先不说钱的事,为什么在医院打架?"

王桂芝的小女儿不说话,坐在沙发上咬牙切齿。

原来,今天王桂芝老人非要出院,医生和护士拗不过她,便通知了她的孩子过来办一下出院手续,结一下医药费。然而,三人到场之后,却因医药费归属问题起了冲突,拉扯中还把老人病房里的心电监护仪摔坏了。大哥大姐一看事情不妙便抽身离去,住院部的医生护士只来得及拦下了小女儿。

我让一名护士带我去病房看看摔坏的设备。走进病房,护士指了指依旧扔在地上的心电监护仪,"你看,我们没敢'破坏现场',机器还在地上呢,摔坏了,价值5万多呢……"

我没有顺着她的指引去看心电监护仪,而是将目光留在了王桂芝老人身上。老人呆呆地坐在病床边上,手里攥着一个旧手帕,静静地抹泪。她身旁放着一个红色的、鼓鼓囊囊的购物袋,里面应该是住院的一应生活用品。

我想上前安慰她几句,但又不知该如何开口。护士问我摔坏的心电监护仪该怎么处理,我从肩膀上解下执法记录仪递给她,让她去把摔坏的地方拍个照。

王桂芝老人抬头看看我,嘴唇动了一下,好像有什么话要说。

我坐到她身边。"老太太,先别想别的,身体要紧。"

老人没有反应，依然在抹泪。等了一会儿，她伸手去购物袋里摸索，我以为她要找东西，赶紧帮忙。摸索了一会儿，从袋子里掏出一个小布包，又从小布包里找出一把钥匙。

"警察同志，麻烦你件事儿。"

"嗯，你说。"

"我走不了路，求你带我回趟家，我去拿点儿钱……"

"拿钱做什么？"

王桂芝没说话，又开始掉泪。

3

王桂芝是用自己的"养老钱"结了医院的医药费，又替孩子们赔了损坏的心电监护仪。医院方面听说是老人自己拿钱，反而有些不好意思，只收了她3000块钱的押金，说拿去修一下，维修费超了就算了，用不了的话再把多余的钱退给她。

我和同事把王桂芝送回家，想再联系她的三个孩子前来照顾，三个人虽然嘴上答应，但始终不见人来。

好在互助社的几个老邻居出面说他们可以先帮忙照顾一下，我又交代社区和居委会多关注一下王桂芝。"切，你们就该把她家那三个畜生都抓起来！"居委会的干事气不过。我只得在一旁苦笑。

"说来也奇怪啊，以前他们家还是'五好家庭'，门上有牌子的，孩子特别孝顺，有几年还作为社区的敬老爱老典型宣传过，现在怎么闹成这样了。"

我追问原因，居委会干事说具体原因她也不知道，让我有机会亲自找王桂芝问问。

2015年年关的一次社区家访，我记挂着王桂芝，便抽出一个下午专程去了趟她家。

王桂芝的身体还在恢复中，依旧下不了床。互助组的老邻居们也一直在轮流帮忙照顾。我感慨了几句，一位老邻居赶紧不好意思地说，住了几十年的邻居了，孩子都不在身边，谁都有遇到事儿的时候。

我试着把话头引到孩子的问题上来。王桂芝却不想多谈，只是一个劲儿解释说孩子平时工作忙，自己老了不中用了。老邻居听不下去了，气冲冲地打断了王桂芝的"自责"。

"都啥地步了，你还维护那几个小兔崽子？你要不好意思说我替你说！"

王桂芝想阻止，但老邻居直接就说开了。

"说到底，就是因为他们妈老了，没得用了，榨不出油水了，成累赘了，所以这就都不上门了……"

王桂芝年轻时随丈夫从四川调来本市，丈夫去世前是一家国企职工，按照当时的政策，王桂芝也在这家企业干"家属工"。

三个孩子长大后相继结婚生子。1998年，大儿子的儿子出生，彼时王桂芝已经"内退"，在家中承担起帮大儿子看孩子的工作。

2004年,大孙子上小学,王桂芝本以为自己可以"功成身退"了,但这一年大女儿的孩子出生,婆家又远,看孩子的重任又落到了王桂芝身上。

"那个时候她家里不断人,大孙子大外甥女都跟着她,三个子女更是天天围着老太太转。尤其是逢年过节,热闹得一塌糊涂。我们这些邻居家很多孩子在外地的,过年都回不来,看着她家的'人气',别提多羡慕了!"

"王嫂子七十大寿那年,他们一家人包车去海南岛旅行,这事儿在我们这里无人不知。"

"这不挺好吗?子女给老人过生日,还花钱包车出去旅游,怎么现在连门都不上了?"我有些诧异。

"好是好,但你得看是花谁的钱……"邻居笑了。

4

王桂芝退休之后,在帮子女带孩子的同时,还在一所中学门口租了一个铺面,开了家小卖店,平时卖些文具百货,中午还兼营"小饭桌",每月算下来收入不菲。

三个子女工作都不太好,收入有限,王桂芝不但没有跟子女要过"养老钱",反而谁家需要用钱了,她都会毫无保留地赞助。三个子女守着这位"财神妈",自然贴得近。七十大寿那次全家海南之行,也是王桂芝满心欢喜自掏的腰包。

2009年，小女儿的孩子出生了，王桂芝"理所当然"地承担起看孩子的任务。可就在2013年夏天，王桂芝在送孩子去幼儿园的路上出了车祸，虽然没碍着性命，但腿上却落下了残疾。

年老体衰的王桂芝在医院躺了三个多月，其间赶上城管局在市里拆违建，小卖部生意也就停了。

出院后老人由于身体状况没法继续给子女们带孩子了。没了小卖部的收入，每月只剩下不到一千块的退休金，平时自己也需要打针吃药，经济上自然不太宽裕。

开始时三个子女还轮番来家里伺候腿脚不便的母亲，然而过了不到一年便出了问题。

当时车祸的肇事方赔了王桂芝一笔钱，王桂芝原打算把这笔钱作为自己的"棺材本"，但矛盾却因此爆发了。

那时候，小女儿还没有正式工作，孩子也小，王桂芝觉得女儿生活不易，便从赔偿金里拿出一些钱来，悄悄地塞给了小女儿，但这件事不知怎么就被另外两个孩子知道了，这便起了矛盾。

"她那个小女儿也忒不是东西，跟她大哥大姐说：'妈把你们两个的孩子带大了，你们俩都省事儿了，现在该带我儿子了，出了这事儿带不成了，我得花钱雇保姆，这个钱是不是该从那个赔偿金里出？'你说这是人话吗？"邻居气呼呼地说。

先是大儿媳生王桂芝的气，不让老太太的大儿子来了；后来大女儿说工作忙也不怎么上门了；最后连最该来照顾王桂芝的小女儿看那笔赔偿金花得差不多了，也借口大哥大姐不来自己也不来，消失了。

"唉,说句不好听的,王嫂子一开始有钱又能帮着带小孩,大家都争来抢去的,现在钱没了,不但不能带小孩了,还需要旁人照顾,那几个畜生全跑了……"

王桂芝始终没有反驳老邻居的话,靠在床沿上又开始落泪。

"实在不行……你要愿意的话,我帮你找个律师吧……"警察没有强制子女赡养老人的权力,我在权责之内没法帮她太多,只能劝她逼不得已时拿起法律武器保护自己。

王桂芝听我这么说,赶紧摇摇头说:"不用不用,没到那个地步……"

"都什么时候了你还说这话,咋叫'没到那个地步'?你还想到哪个地步?"老邻居当即质问道。

"孩子们真是都忙,都忙,不是故意的……"王桂芝喃喃道。

5

出了王桂芝的家,老邻居也向我抱怨:"你们还是尽快联系一下她的子女,你看我们这些人也是老胳膊老腿的,平时也就帮着看看,养老这事儿哪能全靠我们呢?"

的确,互助组里前来帮忙照顾王桂芝的也都是老人,作为邻居,算是仁至义尽了。

我把王桂芝的情况通报了居委会和街道办,希望他们能够尽快找王桂芝的子女，开展一下工作。可过了不久，居委会就反馈说工作开展不下去。

居委会先联系了王桂芝的小女儿，对方一听这事儿，当即就在电话里骂他们"吃饱了撑的多管闲事"；再联系大儿子和大女儿，得到的结果也差不多。

"老三说了，凭什么大哥大姐不伺候偏叫她来伺候，她没钱也没空；老大老二说了，家里三个子女，谁拿了王桂芝的赔偿金谁伺候……"

我想把王桂芝的三个子女约到一起谈谈，但三个人都推说自己忙，不来。我找到了王桂芝小女儿打工的地方，那里其实距离王桂芝家只有三条街的距离。小女儿看实在躲不过，不得已答应和我谈几句。

一开口，她就向我描述自己目前生活的困顿，表示自己对赡养母亲王桂芝一事"有心无力"。

"因为你穷，就不打算管你妈了？"

"老大老二都不管，凭什么就让我管？"

"你妈拿她的车祸赔偿款补贴你的时候，你怎么不说没给老大老二你也不要？"

"凭什么不要，我妈把他们两家的孩子都带大了，他俩都没操什么心。到了带我孩子的时候出事了，现在我还得每月雇保姆照顾孩子，这个钱我找谁要去？"

"我就问你一句，你妈现在在家里躺着，你到底管还是不管？"

"又不是我一个人的妈，凭什么就叫我管！"

一连三个"凭什么"，我实在没压住心头的怒气。"这话你也说得出来，真他娘的畜生！"我忍不住骂了一句。

"你骂谁畜生！你骂谁畜生！你警察了不起啊！你敢骂我，我要去告你！"

"去告吧，看法官骂不骂你！"我气愤难耐，扭头离开了。

6

2015年初春时节，王桂芝的腿已经恢复得差不多了。

因为心脏和血压的问题，她还需要不定期地去医院打针。其间派出所和居委会又找过她的子女好几次，但依旧如此。

王桂芝每月只有不到一千块钱的退休金，为了节省开支，她只去社区诊所打针。有时在路上遇到，我总是劝她去打官司，让三个子女出些赡养费，王桂芝却总是摇头。

7月的一天，指挥中心转警称辖区诊所发生了一起老人非正常死亡事件，家属带人把诊所围了，让我们赶紧出警。赶到现场之后，我在围堵诊所的人群中一眼就认出了王桂芝的三个孩子。

下车、开执法仪、走进人群，有人喊道："警察来了，警察来了，把这个草菅人命的浑蛋拉出去枪毙了！"

我抬眼一看，是王桂芝的大儿子。他见我看他，连忙拉住我要讲述他的"冤情"。我推开他的手,径直走进诊所。看到王桂枝平躺在一张病床上,打了一半的吊瓶挂在架子上,身边放着上次在医院见她时的那个红色购物袋。

"怎么回事?"我转头问诊所老板,一名退休大夫。

"估计是心脏病突发,瞬间人就过去了,诊所抢救了一番没辙,等120来了,人已经没了……"

"之前知不知道她有心脏病?"

大夫点点头。

"本来我也不想让她来我这儿打针,但我这儿离她家最近。不也是看她孤苦伶仃的,一瘸一拐走路不方便,又没有家属照顾,这才可怜她让她在我这儿打针。医药费还欠着一部分呢,我都没好意思开口要……"

"你怎么知道她没有家属?"

"她自己说的啊,之前我还问过她怎么总是一个人来打针,她说她老伴去世得早,自己也没孩子……我也不知道,怎么这会儿门口来了这么多人……"

"娘啊,你死得好惨啊……"门外传来王桂芝儿子、女儿们的干号声。

尾 声

后来,经过市卫计委、公安局法医和武汉某医疗事故鉴定机构的共同工作，对王桂芝的家属出具了死亡鉴定意见书，结果是心源性猝死，非医疗事故。虽然诊所无责，但诊所医生实在受不了王桂芝子女的反复骚扰，主动提出四万元的"人道补偿"，派出所几经劝诫无效，只得沉默。

双方交钱的地点就定在派出所报案大厅，诊所医生说报案大厅里有视频监控，也可防止王桂芝的子女"反悔"。

我不愿再见这家人，便让同事在一楼看着，自己回了二楼办公室。

坐了一会儿，楼下传来喧闹声，紧接着腰间的对讲机里传来同事的喊声："快下来几个人，打起来了！"

我心里一惊，以为王桂芝的家属和医生打起来了，赶紧往楼下跑。跑到楼下，却发现诊所医生已经不在现场，打架的竟然是王桂芝的孩子们。

"王八蛋，上次钱的事儿你还没说清楚，这次你又想拿……"

"你才王八蛋，你们一家都是王八蛋，多吃多占……"

为了那四万块钱的"人道补偿"，王桂芝的大儿子、大儿媳，大女儿、大女婿，小女儿、小女婿六个人竟然在派出所报案大厅里打作一团。

"把这几个狗日的都给老子抓起来！反了天了，就忍不到回家分钱了吗？敢在派出所里就动手，一个也别放跑了……"

带班教导员的怒吼声从一楼值班电台里传来，估计有同事给他汇报了情况。教导员平时一向温文尔雅，从来没听过他用"狗日的"三个字骂人,看来这次真是火了。

在场的同事们早已压制不住心中的怒火,一拥而上……

儿子要杀我，这不怪他

1

2015年1月的一个凌晨，派出所的值班电话骤然响起，一位老妇人在电话那头声嘶力竭地喊："救命啊，快来人啊！我儿子要杀我！"

光是听声音，我们就知道又是辖区"黑老大"郭强的母亲，这时候打电话，八成又是郭强在家里犯病了。

到了现场，家里门户大开却不见人影。我和同事走进屋，郭强正拿着菜刀疯狂地砍着自家卧室的房门，砍一刀，骂一声，踹一脚。

见我们进了屋，郭强二话不说抡起菜刀就迎了上来，我和同事急忙躲闪。好一番纠缠，菜刀才被同事夺了下来，人也被我用约束带绑了按在地上。

郭强在地上拼命挣扎，干瘦的身躯爆发出惊人的蛮力。

"这人估计又吸'果子'了，不然不会这个点犯病。"同事边说边掏出止血带，他的右臂刚刚被菜刀划了一道口子。

过了好一阵，卧室的房门才从里面被打开。郭强的父母小心翼翼地走出来，我抬头一看，老郭一瘸一拐的，母亲王金丽则用手捂着脑袋，指缝里有血流出来。

"要不要紧，赶紧去医院包一下。"我赶忙说。

王金丽却顾不得自己头上的伤口，蹲在被我们绑在地上的儿子旁边，一边看一边埋怨：

"手上绑得太紧了，勒到他了，松一下吧……"

"地上有水，凉，你们快把他搬到床上去……"

同事不满地瞪了王金丽一眼。"就他这架势，刚才我可以一枪打死他！"

"使不得使不得，他有精神病……"王金丽赶紧辩解，但眼睛一直没有离开地上的郭强。

郭强还在地上挣扎，嘴里不停地喊打喊杀。汇报了情况之后，上级要求连夜将郭强送往县精神病院，可却被王金丽拦住了，她坚持要送郭强去本市二院精神科暂时治疗。

"郭强有医保，送县精神病院也用不着你们拿钱。"我以为王金丽担心县精神病院费用高。

"不行不行，县精神病医院的大夫太坏了，用电棍子电人，那边的伙食也不行……"

无奈，我们只好联系二院。

二院的值班医生一听是郭强，直接在电话里拒绝了我："不行啊警官，我们精神科就几个女同志，治不住他。我们可以派医生过去，帮你们送他去县精神病院。"

王金丽不满地嘟囔了几句，最后不得不同意我们连夜将郭强送往县精神病院。

2

从县精神病院出来，已经是早上六点。

"我估计用不了一个星期，王金丽就会把郭强接出来，不信咱走着瞧！"返程路上，同事一边开车一边跟我说。

我深以为然，这也不是第一次了。

三个月前，郭强吸毒后突发精神病，在辖区学校门口拎着棍子手舞足蹈，被学生家长和学校保安一同扭送到派出所。

那时候，也是我和同事一起，叫二院精神科的医生把郭强送去了精神病院。本来医院要求郭强至少要完成三个月的治疗，但三天后便被王金丽接回了家。

一个月前，郭强又不知从哪儿找来一把开山刀，挥舞着在小区里乱跑，同事出警又把他送去了精神病院。但不到一个星期，又被王金丽接了出来。

我质问王金丽，但王金丽总是满面愁容地向我诉苦："精神病院的日子苦啊……"

"可你儿子有病，得给他治啊！"

"在家治吧，在家也能治，不就是吃药嘛，吃了药就好了……"

每次把郭强接回家王金丽总会再三向我保证："我一定好好管着他，绝对不会再出事。"

但郭强的事就从来没有停过。

虽然王金丽也管儿子，但无奈已年过七旬又身患疾病，生活能够自理就已实属不易。精神病儿子正当壮年，一旦犯病，老两口根本控制不住，反而时常遭到痛打。

"我这个月出王金丽的警已经五次了，都是被郭强打，这样下去迟早有一天他们老两口会被郭强打死。"

"那有什么办法呢？我们前脚把人送去精神病院，她后脚就把他接出来。"

"可怜天下父母心啊，都被儿子打成这样了……"我感慨道。

"切，郭强落到现在这个境地，少不了他妈的'功劳'！"同事不屑地回答我。

3

郭强生于1973年，翻开档案，密密麻麻的全是他多年的"光辉历史"。

32岁之前的郭强劣迹斑斑，故意伤害、聚众斗殴、敲诈勒索，让他在辖区"声名显赫"。

19岁时他就是黑道数得上名字的"人物"了；24岁时他带着一帮"小弟"垄断了市里一半以上酒店、大排档的酒水业务；2003年，30岁出头的郭强开始涉足高利贷行业。他拥有名车豪宅，曾号称身家千万。

32岁开始郭强"试水"海洛因。之后的10年，31次治安或行政拘留、8次劳教、3次强制隔离戒毒、数次精神病强制送医。直到最后，公司垮了，"小弟"散了，老婆跑了，自己也疯了。

"你看看这张照片，能认出他就是现在的郭强吗？"同事从档案里抽出一张郭强20年前的照片指给我看。

那是一次郭强因聚众斗殴案件被抓获后在派出所留下的"登记照"，照片上的郭强膀大腰圆，目光凶悍。那个曾"叱咤风云"的"黑老大"和眼前这个又黑又瘦、目光呆滞、精神错乱的"废么子"（废人）完全是两个人。

"这和他妈有什么关系？"

"有什么关系？那关系可大着呢！"

33岁才得了郭强这个独子，王金丽把儿子宠得不像样子。

郭强的父亲老郭当了一辈子石油工人，一生大部分时间在外地参加"会战"，郭强从小就跟着母亲王金丽一起生活。

中学时代的郭强就是学校里的"扛把子"，带着一帮"志同道合"的小兄弟，在同学之间到处收"保护费"。

对于儿子的所作所为，王金丽是知道的，但奇怪的是，她并不认为郭强这样做有问题。

退休教师刘汉生是郭强中学时代的班主任，一提起这个学生，刘汉生便不住地摇头。

那时候郭强就和一帮社会人员在辖区饭店里吃"霸王餐"，被老板抓住，可几个人不但掀了桌子，还出手把老板夫妻打伤了。店老板认出了郭强，报案后和派出所民警找到了学校。

刘汉生通知王金丽来学校处理，可王金丽到了学校，先是怪店老板报警"坏了儿子的名声"，又怪刘汉生"不去维护自己的学生"，最后不但拒绝配合学校和派出所的工作，还砸了学校会议室的玻璃。

刘汉生无奈通知了远在陕西"会战"的老郭，老郭千里迢迢赶回来，这才压住了此事。那时候郭强还没成年，最后只是向店老板赔礼道歉，并配合派出所抓了那几个一同打砸饭店的社会青年便罢了。

但刘汉生没想到，就这件事，还给自己惹来了一屁股麻烦。自那时起，王金丽竟然记恨上了刘汉生，隔三岔五地便去刘汉生家里叫骂，足足坚持了一年。

到后来，郭强在本地"混黑"出了名，王金丽对此还颇为骄傲。

徐富强是王金丽上班时的领导，头上至今留有一块三厘米长的伤疤。2002年，徐富强因王金丽长期不来上班，停了她的工资，很快，郭强便带人在下班路上截住了徐富强，给他一顿暴打。事后郭强虽被派出所抓去拘留，可王金丽却在单位"豪迈"地宣扬,"谁再敢惹我,徐富强就是例子"。

2004年,郭强因涉嫌故意伤害被公安机关追逃,派出所希望王金丽能规劝郭强来投案。但得到消息后,王金丽不但没有规劝郭强,反而安排他逃往外地"避风头"。郭强被抓回来后,王金丽也因包庇罪被判了半年。

4

在染上毒瘾之前,郭强对王金丽极为孝顺。

辖区有几栋"处长楼",原是某国企专门为单位处级干部建造的福利住宅。在本市人眼里,能住进"处长楼"就是"混得好"的象征。后来,这批住宅楼被放到市场上销售,虽然房型好、环境好、位置也好,但由于售价很高,鲜有人问津。

王金丽就是第一批住进"处长楼"的人之一。

"那时候王老太太出门穿金戴银,强子不但给他妈买了房,后来还买了车,又专门安排一个'小弟'去给他妈当司机。"陈九江是郭强的发小,"拜把子"的兄弟,曾为郭强立下汗马功劳也因此为自己换来了四年的牢狱之灾。"强子疯掉之前,孝顺他妈是有目共睹的。"

"他妈就不关心你们的钱是从哪儿来的吗?"我问陈九江。

"王老太太从来不管这些,反倒是强子他爸很生气,没和他妈一起搬到'处长楼'里,一直还在以前的老公房住着。"

2003年是郭强人生的重要"转折点",32岁的郭强染上毒瘾,"事业"急转直下。

按照陈九江的说法,彼时的郭强"有钱有势",正准备"洗白"自己,为此还开了公司打算做正当买卖。那时陈九江也刚刚出狱,本打算继续跟着郭强干,但一个偶然的机会,陈九江发现郭强吸毒。

"一开始是吸白粉,时间一长,就开始注射,也不管生意了。他有几个'小弟'原本和我一样,打算跟他走'正道'的,一看这架势,便都散了。"

"他妈也不管?"我问陈九江。

陈九江摇摇头。

"管不管我不知道,但我记得强子几次因吸毒被抓,都是在他妈住的'处长楼'那里。"

为了防止便衣民警进小区排查,郭强还在保安队里安排了两个"小弟",专门负责通风报信。

"那套房子呢?"

"听说后来卖了吧,还有王老太太的车和那些金银首饰什么的,钱都让强子拿去吸毒了。"

"哪怕看在钱的分儿上,也得管管儿子吧。"

"管了,哪能不管!王老太太看强子毒瘾上来那么痛苦,也确实想管儿子,但她一出手,直接把儿子'管'疯了……"陈九江哂笑道。

5

王金丽的办法的确让人哭笑不得。

2008年，郭强败光了家产，一家人又搬回了以前住的老公房。此时郭强的经济条件已经无法负担他的毒瘾。看到儿子毒瘾来袭时满地打滚的惨状，王金丽心疼万分，后来居然不知从何处听来一个法子——用冰毒戒海洛因。

"之前王老太太找过我，问我有啥办法能让强子不那么难受，我又没吸过毒，哪知道什么法子。听说后来她又去找了六子，六子吸毒，可能是他告诉王老太太的吧。"

的确有一些海洛因吸食者会用价格便宜且反应不那么强烈的冰毒来戒断海洛因，但这种方法无疑也是饮鸩止渴。因为冰毒及其副产品"麻古"所带来的"心瘾"，会直接伤害吸毒者的脑神经，吸到最后人就疯了。

果然，改吸冰毒之后郭强的身体确实没有那么痛苦了，但很快精神就变得不正常了。

"你怎么不劝她送郭强去戒毒所呢？"

"怎么没劝过，老太太怕强子一进去就出不来了，她是一刻都离不了儿子的人，哪会同意……当时强子为了筹毒资，老太太是要钱给钱、要首饰给首饰，即便到了卖房子的地步，老太太也是二话不说就搬回了旧公房，生怕强子受一丁点儿委屈……"

等王金丽开始意识到要给儿子戒毒时郭强已经成了重症精神

病人，根本没有戒毒所愿意接收他。即便是公安机关的强制隔离戒毒，也需要去精神病院控制住他的病情后才能执行。

郭强彻底成了一颗"定时炸弹"，王金丽便是最直接的受害者。

不知为何，郭强只要在家中犯病，首当其冲就是殴打王金丽。王金丽只得一次又一次地报警，强行送郭强去精神病院，没两天再去把人接出来，然后再犯病。

如此不断地反复至今。

6

不出所料，没过一个星期我就又遇到了郭强。他就坐在马路边晒太阳，身边是头上依旧缠着绷带的王金丽。

我不知该说什么好，反倒是王金丽显得有些不好意思，开口解释："警官你看，他已经好了，不打人了。"

郭强抬起头，傻乎乎地看看我，估计是药劲儿还没下去。

"看好他，不要让他再碰'果子'，也不要让他的那些吸毒的朋友再来找他！"

王金丽点点头。

三天之后的一个清晨，我按例接班，发现夜班同事一个个两眼通红，面带倦色，似乎一夜未眠。问他们怎么了，一个同事表情复杂地告诉我，昨天夜里郭强又犯病了，他们刚刚从县精神病院送人回来。

"这他妈不是折腾人吗！去告诉王金丽，再这样把郭强接出来，以后出了事让她别再找警察！"我气冲冲地对同事说。

"不用了，估计这次没人接郭强出来了。"同事淡淡地说。

原来，昨天深夜郭强在家发病，疯了似的要往外跑。王金丽夫妇上前阻拦，神志不清的郭强顺手抡起了家里的椅子，直接砸在了王金丽的头上。父亲老郭见势不妙报了警，等同事们出警赶到现场时，郭强早已不知去向，只留下王金丽倒在地上不省人事。

120急救车拉走了王金丽，同事们找了两个小时才逮到郭强，连夜送去了精神病院。

"王金丽怎么样了？"

"在总院ICU呢，还没来得及去看……"

到了总院病房，老郭正坐在楼道里抹泪。我问王金丽的情况，老郭说她颅骨骨折，颅内出血，随时都有生命危险，就算是万幸抢救过来，以后也可能变成植物人。

"郭强那个畜生呢？"老郭问我。

"已经送精神病院了……这次必须让他治完整个疗程！"我有些担心老郭，不知他是不是也和王金丽一样。

"接他？这次就让他死在里面吧！"

尾　声

再次见到王金丽已是半年之后了。

十年前,王金丽走在路上,街边的商户们都会恭敬地喊她一声"王姨",不是因为她的人缘好,而是因为儿子郭强是本地有名的"黑老大"。

如今,半身不遂的王金丽被老伴用轮椅推着走在路上,总有人在背后指指点点:"看,这就是'黑老大'他妈,被儿子打成了傻子。"

"碰瓷"者的下场

2017年8月,"老赖"张得胜在市养老院孤独离世,至死都没有收到属于他的几十万交通事故赔偿款。有人说他可怜,遇到了如此可恶的老赖;有人说他活该,遇到了比他还赖的老赖。有人问我信不信"报应",我只能笑笑说:"我是警察,我信法律。""那你从法律角度,跟我讲讲张得胜的事?""他这或许真是报应……"

1

"警官啊,我们确实没有赌博啊。能不能麻烦你,放我们一马啊……算我求你了。"

"是啊是啊,你们老来搜查,客人们吓得都不敢来了……"

一天晚上下班后,河西社区几家饭店的老板把我约到一家酒店的包间吃饭。菜过五味,店老板们一个个堆着笑脸对我说。

"真没组织赌博?"我盯着他们问。

"真没啊。也没这个必要啊!"

最近正值小龙虾上市,一桌虾宴连菜带酒能赚四五百元,生意好的时候一晚上摆几十桌,傻子才会在饭店里"开场子"(组织赌博)。从包间窗户向外看,楼下停车场的确停满了车,店门口的"休息区"坐满了排队等位的客人。

正说着话,手机响了,指挥中心的同事说,又接到报警称有人在饭店包间里聚赌,所里值班人手不够,让我加个班到现场去看看。

"哪个饭店?"

"××饭店。"

"我就在××饭店吃饭,哪个包间?"

"208。"

我走到门口,一把拉开包间的房门。一家老小正在里面用餐,根本没有人"聚赌"。见到陌生人进来,一家人疑惑地抬头看着我,我借口走错房间,退了出来。又到其他几个包间查探了一番,也没有发现报警电话中的"聚赌"情况。

很显然,又是一起假警。

2013年夏天,有段时间派出所经常接到匿名报警,称河西社区的几家饭店里有人"聚赌"。出警到达现场,几经盘问搜索却根本没有发现有人"聚赌"。

有好几次客人们正吃得高兴,一队全副武装的警察闯进门来，要求所有人站起来配合调查。客人们被搅得不欢而散，事主也不敢冲警察发火，只能把火气都撒在饭店老板身上。有人要老板"送菜"，有人要老板"敬酒"，有人要"免单"，还有借着酒劲要"赔偿"的。

饭店老板怕丢了客源，只好忍气吞声。但警察频频上门，时间一长，客人们便不愿再去那几家饭店消费。

饭店老板们忍无可忍，联合起来到公安局信访处告状，说警察胡乱执法影响了他们的生意。告状材料转到督察支队，督察支队要求指挥中心做情况说明，指挥中心找出接警电话录音。"不是我们找碴儿，确实是有人举报啊。"

当然，报警电话录音不能向酒店老板们出示，但又对公安局的答复不满，请我们吃饭也是万般无奈之举。

正巧，就又遇到了报假警。

2

"你们最近得罪谁了吧？"回到包间，我问几个店老板。

几个人面面相觑，都说自己和气生财，没和人有过"过节"。

其中一个店老板突然说，最近张二球找过他，让他每周交100元"管理费"，被他拒绝了。话刚说完，其他几位店老板也纷纷点头，说自己最近也和张二球打过同样的交道。

"啥管理费？"我有些迷糊。

"他说是替社区民警收的,我觉得有诈,就把他轰走了。结果从那以后,你们便经常来抓赌,我们还以为……"饭店老板小心翼翼地看着我说。

我明白了,顿时火冒三丈,再三说明绝对没有收过所谓的"管理费",同时让几个店老板第二天一早去派出所说明情况。

第二天一早,几个店老板来到派出所,我通知张二球过来。张二球不肯,我只好吓唬他不来就强制传唤。等到10点钟,张二球才很不情愿地出现在我面前。

"张二球,你去人家饭店收管理费了?"

张二球矢口否认,没等我说话,旁边的一个店老板就火了,冲着张二球吼:"没有?你要点儿老脸行不行,我前台有监控,你来要钱的视频都录在里面!"

还真有人给张二球交过管理费,递给我一张条子,上面歪歪扭扭地写着"今收到×××本期治安费100元,张得胜(张二球名字)。"

"这怎么说?你都给人打条子了?"

张二球不说话,站在那里装愣。

"把你手机交出来!"我想起报警电话的事情,要过张二球的手机,通话记录里赫然出现了几个公安局报警指挥中心的号码。

我没说话,把张二球单独带进办公室,暗地让同事联系指挥中心核实他手机上的通话记录。过了一会儿,指挥中心回复说举报赌博的就是这个号码。

"你报的警？"

张二球沉默。

"你看到他们饭店里有赌博的？"

张二球沉默。

"说话！"

"没有，我猜的……"

"你他妈缺不缺德？顶着警察的名义找人家收管理费，不给钱就报假警骗警察去冲人家生意，知不知道你这种行为是什么性质？"

张二球索性一屁股坐在地板上，称自己心脏病犯了，要去医院。

"别跟这儿装！去把钱退了，不然现在就把你拉回去收监！"

半年前，张二球因诈骗被刑事拘留，后来因为身体有病，现在正在取保候审阶段。

3

张二球是我的"老熟人"，本名张得胜，快 80 岁了，膝下无儿无女，家里只有一个瘫痪的老伴。

张得胜年轻时也有过工作，20 世纪 70 年代因"打砸抢"被判了刑，工作就没了。1983 年"严打"又被送去新疆改造了 10 年，回来之后就一直混着，靠捡破烂为生。

"以前二球是个宝啊！"一位快退休的老同事戏谑地说。老同事刚工作那几年，派出所每年还有"拘留指标"。只要盯住张得胜，当年的"拘留指标"肯定能超额完成。

"都犯些啥事儿？"

"年轻的时候厉害，敲诈勒索判过，故意伤害判过，耍流氓也判过，年纪大了没那精神了，也就偷个东西、碰个瓷、耍个赖啥的搞点钱花，还去当过几次医闹。"

过了 75 岁，张得胜知道自己已经成为法律上所规定的"从轻或减轻处罚"群体，加上自己身体有病、家里的瘫老伴没有自己之外的监护人，犯起事来更有恃无恐。

平日里，张得胜常骑着捡废品的三轮车满大街转悠，看到挂外地牌照的汽车开过来，就赶忙上去"贴乎"。一碰上就顺势倒在地上要求"赔钱"。外地司机怕惹事，一般都会给。张得胜也不怎么计较数额，三十五十、三百五百，只要给钱就行。

两年前，张得胜把农机所几间没人住的危房私自上了锁，"租"给别人开"晃晃馆"（麻将馆）。农机所来拆迁，他就把瘫老伴放到房子里要"补偿"。拆迁队不敢硬来，又气不过，站在房子外面骂他。老伴虽然瘫了但也不傻，知道张得胜拿自己当枪使，躺在房间里骂他。

张得胜老伴原本有一套单位安置的旧公房。一年前，张得胜在屋外搭了一个窝棚，和老伴搬了进去，把旧公房转租给两位失足妇女。同楼的邻居受不了天天晚上各色的"牛鬼蛇神"出没，闹到了居委会，居委会又告到了派出所。派出所抓了失足妇女后，居委会就和张得胜老伴的原单位一起要把旧公房收回。张得胜二话不说，背起瘫老伴就住进了居委会，居委会没辙，只得又把旧公房还给他。

半年前，几个假药贩子在辖区偷偷开了一家"诊所"。张得胜不知怎么搭上了线，专门负责去医院拉那些外地患者去诊所看病。凭借着那张老脸，张得胜还真骗来不少人，结果很快东窗事发，张得胜因诈骗被刑事拘留。

在看守所待了没几天，张得胜便借口心脏病和瘫老伴无人照料，办理了取保候审。周围邻居对此意见很大，但也没有办法，只能背后偷偷骂他"好人不长寿，王八活千年"。

我去找张得胜做工作，劝他"这么大年纪了，收敛一点儿"，张得胜苦着脸跟我说自己真缺钱。

张得胜的确不宽裕。虽然有低保，老伴也有退休工资，但由于老伴瘫痪在床，每月需要一定的开销，加上张得胜特别喜欢打麻将，只要有一点儿钱就会跑去"晃晃馆"打牌，手里根本留不住钱。

这次又闹出"管理费"这一出。

4

管理费风波平息没多久，张得胜又出现在了派出所。

2014年年初，张得胜捡破烂过程中看到一辆货柜车正在给超市送货，便顺手从货柜车上"捡"了两箱白酒，被超市保安当场抓住，扭送进派出所。

在派出所，张得胜可怜兮兮地说，自己经济太困难了，希望我们能帮帮他。我还真帮他找了一份看仓库的工作。张得胜名声在外，仓库老板好不容易才同意雇他，每月1000块钱工资。张得胜千恩万谢，我也以为自己做了一件好事。

结果没过半个月，仓库老板就把张得胜辞了。我去问原因，老板说，张得胜竟然趁夜里值班的时候偷仓库的东西拿出去卖，被逮个正着。

我气得不行，要去抓张得胜，仓库老板反倒拦着我。"算了算了，这老东西报复心强，抓进去也判不了多久，出来以后再来给我使坏就麻烦了。"

找到张得胜时他还在"晃晃馆"不出来。我质问他为什么偷东西。"缺钱嘛，一个月1000块钱哪里够用？他那么有钱，可怜可怜我这个孤老头子嘛。"

从那以后，我一听到他的事就头疼。

此后，还真是好久没有张得胜的消息。

"这老头儿凭空消失了？"我问同事。

"真要是凭空消失就好了，只怕又在暗地里搞什么幺蛾子吧。"

虽然他不惹事我确实轻松了不少，但转念一想，上次的诈骗案还没了结，他还在取保候审阶段，我还有责任看着他。

打电话给居委会治安干事，治安干事却告诉我："张得胜出事了，在医院躺着呢。"我问出了什么事，治安干事说是被大货车轧了。

"严重不？"

"蛮严重的，应该达到重伤标准了。"

"怎么回事？"

"唉，说他啥好呢？自己给自己惹麻烦……"

原来河西社区与318国道接壤的地方有一个自发形成的停车场，往来的大货车司机常在那里停车过夜，张得胜"敏锐"地发现了里面的"商机"。

那段时间张得胜没事就在停车场里转悠，一看到有大货车准备发车便靠上去，只要接触上张得胜就立即顺势倒地，要求货车司机赔钱。

大货车起步时车速通常都很慢，张得胜也不会真受伤。遇到厉害点儿的司机，就骂他一顿轰走，遇到怕事或赶时间的司机，多少会给他点儿钱打发了事。

张得胜转悠了半个月，前后碰了十几次，讹了几千块钱，但还是在一天早晨出事了。

5

那天早晨，张得胜"碰瓷"的时候被货车司机发现了，司机骂了张得胜几句。一般情况下张得胜不会还嘴，但那天早上大概司机骂得难听，张得胜便不依不饶，和司机对骂起来。

司机进了驾驶室要关门走人，张得胜还晃晃悠悠地围着驾驶室转着圈骂，结果正巧旁边另一辆货车司机发车时走了神，没注意到走到自己车旁的张得胜，一发车就把他撞倒了，一侧的车轮随即从他的腿上轧了过去。

十几吨重的货车把张得胜双腿轧得血肉模糊，送到医院后医生看了一眼就说腿保不住了。

"老家伙，'碰瓷'真把自己碰进去了……"交警队的同事感叹道。

到了医院，张得胜正孤零零地躺在床上。见到我竟老泪纵横，我以为他是疼的，他却不停地喊"冤"。

"事情已经发生了，保重好身体，等事故责任认定下来之后对方该赔你多少钱就是多少钱。"我不知说他什么好，只好说了几句套话。

听我这么说，张得胜更激动了。"我冤啊，那个撞我的王八蛋连医药费都不给我交……"

张得胜说，他在医院躺了这么久，肇事方的家属不但从没露过面，连医药费都没给垫付，医院就快给停药了。

我有些诧异，打电话问交警队同事，同事告诉我张得胜真是可怜，这次遇到"老赖"了。

肇事司机赵小五，39岁，是一个比张得胜更"孤独"的人。

张得胜至少还有一个瘫痪的老伴，但赵小五至今未婚，父母早亡。原本有一个姐姐，但几年前因父母遗产问题两人闹掰，姐姐远嫁东北，从此再无音讯。

赵小五卖了父母留下的两间破房子，又从银行贷了一笔款，买了辆货车跑运输，平时吃住都在车上。

"他一点儿财产都没有吗？先把医药费垫上啊。"我问同事。

"本来就是个滥赌鬼，自己非但没有任何财产，还不知道通过什么途径办过几张信用卡搞网络赌博，都刷爆了，欠了银行一屁股债。车贷逾期好久，车都快被银行收回去了。"

"那保险公司呢？"

"嗨，别提了……"

三个月前赵小五因醉驾被外地的交管部门吊销了驾驶证，这次是偷偷上路，正好出了张得胜的事故。保险公司拒绝理赔，只在交强险范围内给张得胜垫付了一万多元的医疗费。

交警队以涉嫌交通肇事罪刑事拘留了赵小五，让他赶紧联系亲戚朋友给张得胜凑医药费，但赵小五只有一句话："没钱，该坐牢坐牢。"

交警队没辙只能告诉张得胜自己先想办法筹款，然而他自己也没什么存款，费尽周折只凑到了不到三万块钱的医药费。

"我们和医院打过招呼了，让他们先治着，但医院那边同不同意还另说。之后具体的事情由法院来判吧，我们也只能做到这一步了。"交警队也很无奈。

挂了电话我把事情告诉张得胜，让他先想办法尽量筹点钱把伤治好，之后再去和肇事司机打官司。听了我的话张得胜又悲又怒，躺在床上大骂肇事司机"畜生"，这关口我也不好说他什么，只好先由他发泄。

6

张得胜还是挺了过来，但是他的右腿没了，左腿也短了3厘米。

司机赵小五无证驾驶，被判全责。张得胜的事故医药费、伤残补偿等一系列赔偿款总共将近60万元。然而，除了交强险起初垫付的1万元医疗费和后期赔偿的12万元之外，保险公司拒绝承担其他赔偿款项。好在医院给张得胜减免了部分医药费，使那笔钱勉强支付。对于后期的赔偿，司机赵小五拿不出一分钱来，也坚决不同意想其他办法凑钱。

"反正我都这样了，你们判我多久我都认了，但我现在就是没钱赔，也不会去借钱！"法庭上赵小五摆出一副死猪不怕开水烫的架势。

张得胜一再要求法院强制执行赵小五的财产，但法院查了一圈，发现赵小五确实没有可供执行的财产。张得胜原本也寄希望于法院对赵小五名下的大货车进行扣押和拍卖，结果法院一查，那台车是赵小五贷款买的，因贷款逾期已被银行收回。

赵小五最终因涉嫌交通肇事罪被顶格判了三年有期徒刑，张得胜却难以获得任何赔偿。

法院能做的只有要求赵小五出狱后分期履行张得胜的赔款。

得知消息张得胜气得痛哭不止。"他就是个'癞子'啊！我今年都八十了，还能不能活到那个时候啊！"

虽然之前对张得胜意见很大，但这起事故中他毕竟是受伤者，我私下里也找有专业背景的朋友帮忙咨询，看是否有办法帮张得胜多少争取点儿赔偿金。

朋友看了张得胜的材料，摇摇头说，这种情况他也没辙，最好的办法就是像法院说的那样，让张得胜好好活着。同时盯紧赵小五，发现他有了财产马上向法院报告。

我只好无奈苦笑。

尾　声

张得胜在医院住了半年，其间之前的诈骗案判决书生效，张得胜被判有期徒刑两年，缓刑一年。因为身体问题无法收监，直接办理了保外就医手续。

张得胜出院后由于生活无法自理，也和瘫痪的老伴一样，被送进了市养老院。开始时经常跟我打电话，询问赵小五的情况和自己的赔偿金问题。我只能劝他安心在养老院住着，一有消息就通知他。

后来，张得胜的电话越来越少，可能连他自己都对此事不抱希望了。

2017年8月，我正在省城参加学习，同事打电话告诉我张得胜去世了，临终都没有闭上眼睛。居委会刚刚代替他的亲属来派出所办理了销户手续。

"他的赔偿咋办呢？"

"放心吧，赵小五跑不了，放出来以后接着赔，张二球的老伴还活着呢。即便以后老伴也没了，公安机关还要继续替张二球找赵小五追偿。"

"为啥？"

"老家伙之前的那起诈骗案还欠着受害者赔偿款呢！"

谁骗了谁的婚

2014年春节后的一天,派出所报案大厅里乱成一锅粥。双方10多人不断地拉扯叫骂。

"她个婊子就是骗婚!"年轻男士指着站在对面的女孩吼道。

"放屁!你说谁是婊子?要说骗婚,你才是骗婚!"女孩的妈妈毫不示弱地回击,身边的两个亲戚更是跃跃欲试。

双方队伍里的几个人都撸起了袖子。

我和同事见势不妙,赶紧站到两拨人中间。

"哎呀,有话好好说,都是亲戚。"同事唱红脸圆场。

"都住手,别在派出所里给自己惹麻烦!"我唱黑脸警告。

但双方仍剑拔弩张,如果不是隔着民警,又要打作一团。

1

吵架的是两口子。年轻男士叫迅生,两年前,在一次相亲活动中与杨楠相识,迅生英俊潇洒,杨楠青春靓丽,都到了适婚年龄。两人一见钟情,相处不久便见了彼此家长,没过多久就领了结婚证。

两个人的婚礼在市里唯一的一家四星级酒店举行,豪车开路,羡煞不少旁人。可仅仅过去一年多,两个人便闹到了要离婚的地步。

"离婚就离婚,好说好散不行吗?怎么还打起来了?"我把迅生父子请进办公室。

"她个婊子骗婚啊,诈了我们家十几万不说,还动手打人!"

"怎么个骗婚法?"

"结婚之前她家说杨楠是'黄花闺女',连恋爱都没谈过,结婚之前碰都不让我碰一下,结果呢?"说着,迅生甩给我一份病历,我草草翻了一下,只见诊断结果上写着"不孕症"。

"啥意思?说明白点儿!"

"还怎么说明白?不孕!习惯性流产!这是'黄花闺女'?"迅生的父亲在一旁嚷嚷起来。

这种事情我们也不好评价,只能处理双方打架的事。

"你们两家人在私底下商量着解决就行了,至于在街上打架吗!嫌知道的人少不是?"同事劝迅生。

"商量，还商量啥？就是离婚啊！当时我那彩礼钱可是他们家以'黄花闺女'的名义骗去的，现在是不是要退给我？"

迅生说，当年和杨楠订婚时，杨楠的母亲要了迅家十五万七的彩礼钱。其中十万七代表着"十万里挑妻"，图个口彩，另外五万则是因为杨楠是"黄花闺女"，这是"出闺钱"。

"去法院打官司吧，法院说能退就一定能退，说退不了就肯定退不了，打架也解决不了问题。"我回迅生。

迅生却低下头，小声说他已经找律师问过了，律师说这种情况属于"赠予"，离婚退彩礼的可能性几乎为零。

"那你还闹个什么劲？"我有些同情迅生，但法律规定了的事情，不行就是不行。

"忍不下这口气啊，这不是找我当'接盘侠'吗？"迅生愤愤地说。

2

26岁的迅生俨然一副"富二代"的模样：身穿"范思哲"，手持Gucci钱包，腰上扎着LV皮带，脖子上还挂着一根将近一指粗的金链子，座驾是一台40多万元的路虎极光，抽着100元一盒的"黄鹤楼1916"。

"一日夫妻百日恩，算了吧，再说你差那十几万吗？"既然双方争执的焦点就在那十五万七的彩礼钱上，律师也说讨回的希望不大,我也只能试图劝说他想开点儿,放弃算了。

迅生说他就是咽不下这口气,据他调查,杨楠婚前至少处过六任男朋友,在武汉读大学期间还"跟"过一个跑物流的"老板",做过三次人流,已经无法生育。这些事情杨家早就知道,但婚前向他隐瞒了实情。

结婚之后,迅生父母急着抱孙子,不断地催促迅生和杨楠要孩子。但杨楠一直不肯怀孕,三个月前终于怀上了,但没过多久就大出血流产了,杨楠被紧急送往医院抢救,迅生这才知道妻子婚前的秘密。

"和我结婚之前,她和上一任男朋友也都处到了谈婚论嫁的地步,就是因为她生不了孩子,丑事曝光了,人家才甩了她的,所以婚前她碰都不让我碰一下……"迅生还在滔滔不绝。

"行了别再扯别的了,警察对你们那种事不感兴趣。去打官司离婚吧,这个钱法院怎么判就怎么办。"迅生还要接着说,我急忙制止。

"她家就认钱,房子、车子、家电、装修这些都是我们家出的钱,婚宴摆了六十桌,花了十几万,份子钱却全让她妈拿走了。本想给儿子娶个漂亮媳妇,结果却当了'绿毛龟',再不把彩礼钱要回来,你说这口气我们怎么忍!"迅生的爸爸在一旁听我劝迅生"算了",十分不满。

迅生父亲的打扮和儿子差不多。他在武汉开了一家公司,一年有上百万元的利润,也算本地的一位"名人"。此前我们在片区走街串巷,邻里对迅生父亲的一致评价是"酒量好""路子多""好面子",但对他的财力却有不同的说法,有人说他有钱得很,"从武汉过来都是奔驰和专职司机",但也有人说他喜欢"装",其实就是个打工的,没多少钱。

通常来说,对于婚姻中的彩礼问题,各地往往依据风俗习惯来定,而离婚时彩礼是否要退,只能由法院进行判定。法律条款中所规定的离婚退彩礼情况大致只有三种:一是双方未办理结婚登记,二是虽然结婚但双方没有共同生活,三是彩礼造成给付一方生活困难。但迅生和杨楠的情况,似乎跟这三条都不沾边儿,见迅生父子纠缠不休,我只好向他们解释了一下法条。

"照你这么说,我们家这个亏就吃定了?"迅生父亲问。

"你们请个好律师,让律师给你们出出主意吧。"

迅生父亲显然对这样的答案不满。"我把话放这里,如果这个钱她们家不退了,我这边绝对没完,让她们一家人走着瞧!"他狠狠地说道。

"别跟警察这儿抖狠,你家迅生也问过律师了,这个钱要回来的可能性不大,你们爷儿俩又不缺这点儿钱,何必呢?"

迅生和父亲都默不作声,是无声的拒绝。

3

留下同事继续劝说迅生父子,我走出办公室找到杨楠一家,试图核实一下情况，再帮忙协调一下。

杨楠家两个亲戚已在争斗中受了伤，去了医院。杨楠母女坐在报案大厅等亲戚回来，我把二人领进了调解室。

杨楠不想谈，做了好一番工作，杨楠的母亲才勉强同意把事情的经过告诉我。

对于女儿的这场婚事，杨楠的母亲也满腹怨气。

杨楠父母早年离异，她一直跟随母亲生活，家里经济条件一般。杨楠母亲没有正式工作，一直四处打工，好在杨楠颇为争气，大学毕业后考进了本市的一家事业单位，端上了"铁饭碗"。长得漂亮，工作稳定，杨楠身边一直不乏各种追求者，其中也有不少各方面都出类拔萃的男孩。单凭个人条件，杨楠可以选择的空间很大。

由于之前忙于生计，杨母并不清楚女儿在武汉读书期间的感情经历，三年前杨楠因无法生育被前男友家退婚后，母亲几经盘问方才得知了实情。对于女儿的所作所为，杨母气得大病一场，住了一个月医院。

生活还得继续。虽然恨女儿不争气，但也不能眼睁睁地看着女儿就这么"砸在手里"，杨母便寻思着，怎么帮着女儿顺利地把婚结了。

自己离婚后吃了半辈子苦，过够了拮据的生活，杨母自然想让女儿嫁个家世背景和经济条件都好的老公，但又担心如果对方条件太好，婚后得知女儿不孕不育的实情，接受不了女儿的过去，最后难免落得个竹篮打水一场空。

"谁不想让女儿嫁个好人家享福，说实话，我一开始确实就是看上了他们家的家务条件（经济条件）不错，这也没啥不能说的吧！"

结婚之前，迅家称已经准备好了160平方米的婚房，还承诺婚后就给小两口买辆好车。在外人眼里，迅生的父亲在武汉做生意，开的是奔驰，迅生在烟草公司上班，工作也不错，有车、有房、有生意，这让杨楠的母亲放了一半心。

恋爱时的迅生对杨楠百依百顺，要啥买啥，随叫随到，还说以后不管怎么样都会照顾杨楠一辈子，这更让杨楠母女彻底放下心来。

"他家'家务条件'这么好，看上你家女儿什么了？"我忍不住问杨楠的母亲。

"还能看上她啥，长得好看呗！"杨母几乎不假思索地回答道。

"你就不担心他家知道了杨楠的身体情况之后变卦？"

"唉，说不担心是假的，我们也是一直在想办法嘛……"

一方面，杨母带着杨楠不停地穿梭于各大医院，看是否能够通过治疗或调养让女儿恢复生育能力；另一方面也告诫女儿，"脑袋聪明一点儿"，结婚之前千万别让迅生知道了自己的秘密。

"当时想着女儿一边治疗，一边调养，结婚之后缓几年要孩子，估计身体也就养得差不多了。一旦生了孩子，以前的那些破事儿就都过去了。退一万步说，他家'财大气粗'，之后万一离了婚,女儿也能有点儿'保障'嘛……"杨母没有继续说下去。

"你知道女儿是这种情况,为啥还找那借口跟人家要五万块钱?"

"那个……"杨母想了半天,没有想出合理的解释回答我,只好叹了一口气,不再理会这个问题。

"现在事情已经曝光了,你看怎么办?"我继续问杨母。

"还能怎么办?想离婚就离呗,反正我们早就已经做好思想准备了。"杨母讪讪地答道。

4

既然杨楠母女已经做好了最坏的打算,我看时机差不多了,便提出了迅生父子退彩礼的要求,试着征求一下杨楠母女的意见。

"退钱?门儿都没有!他们家说我们'骗婚',他们家就那么清白吗?我们家这要是骗婚,他们家那就是'诈骗'!"没想到一提钱,杨母的怒气全被激起来了。

我有些诧异,不知杨母口中迅生父子的"诈骗"从何而来。

"他们爷儿俩穿的'人模狗样',整得像多有钱似的,结果一结婚就露了馅儿。"

杨母说,结婚后她们母女才慢慢发现,迅生的父亲并不是什么"武汉的老板",只是武汉一家公司老板的司机,开回家的奔驰也是老板的。

至于迅生，既不是"富二代"，也并非他自己口中所说的"烟草公司正式职工"，他确实在烟草公司工作，但只是一名高中都没毕业的临时工。

"可是迅生身上的穿戴和开的车都在那儿摆着啊？"

"假的！全是贷款！各种贷款加起来一共一百多万哪！"

迅家用来结婚的160平方米的"婚房"其实是租来的，迅生身上的范思哲、LV、Gucci和屁股下面的路虎极光都是贷款买来的。迅生一家充其量只是一个小康家庭，却把自己演绎成了"豪门"。

"结婚之前你们都没有深入了解一下吗？"

杨母叹了口气，女儿和迅生从认识到结婚一共用了不到三个月的时间。自己当时被迅生一家的外表和说辞迷惑了，另外也是急着把女儿嫁出去，担心夜长梦多，所以没怎么深入了解就答应了婚事。

"不瞒你说，杨楠自己是这种情况，我也是担心时间拖得久了再出变故，所以……"

结婚之后，迅生无法再隐瞒自己的家世，在妻子和丈母娘面前露了馅儿。

得知真相的杨母几乎被气炸了，原想帮女儿"嫁入豪门"，求个衣食无忧，没想到却被迅生一家给忽悠了。本就憋了一肚子火气，一直想劝女儿和迅生离婚，但又迟迟下不了决心。

恰在此时，迅生却发现了杨楠的秘密，跑到杨家大闹了一场，并提出了离婚。对于离婚，杨家并无二话，但听迅生说要讨回当初结婚送给杨家的彩礼钱时,双方立刻发生了争执。

"房子是租的,车子是贷的,家里的一应东西都拉着银行的'饥荒',女儿白跟了他一年啥也没得到不说,即便离了婚,弄不好还要帮着他们家还贷款!你说我凭什么再把那些钱退回去!"说到这里,杨母气得拍起了桌子。

和女婿话不投机,杨母叫来几个亲戚把迅生赶出了家门。站在楼下,迅生越想越窝火,也喊来了本家亲戚。两方亲戚见面以后没说几句便动上了手,纠缠中两边亲戚都受了伤。

"定亲的时候,迅生他爸把条件说得那么好,结果闹了半天全是假的,害得我女儿白白成了'二婚'不说,还落下一'傻帽儿'的名声!"杨母越说越气。

"你也别说人家,当初你们不也想着忽悠人家来着……"我忍不住呛了杨母一句。

"谁家的女儿谁家疼,无论孩子做过什么,总归是我的孩子,我就是想帮孩子嫁个好人家,这有错吗?"杨母不满地反驳道。

5

回到迅生这边,父子二人还在办公室里生闷气。

两人并没有否认杨母的说法,迅生的父亲还说,自己低头弯腰做人一辈子,就想趁儿子娶媳妇的当口驳个"面子",谁承想上了人家的当。老迅脸上表情复杂,有懊恼、有疑惑,还有愤怒。

作为三十年前第一批辞去公职"下海"的人，老迅在武汉打拼了大半辈子，但事业却并不顺利。跑过销售、开过工厂、倒卖过二手车，虽然赚到过一些钱，但远称不上发财。

后来，生意破产赔光了本钱，老迅只得在武汉找了一家公司当起了专职司机，一干就是八年。爱面子的老迅从来不肯在老家人面前吐露实情，有时朋友问起他的生意来，也总是含糊其辞地说，"也没干啥，就是瞎忙"。

老迅说的也算是实话，但越是这样，旁人越觉得他有钱，这么说不过是谦虚。加上老迅每次回家都是开着老板的奔驰，人们更加坚定了自己的看法——老迅在武汉发财了。

老迅也乐得给大家留下这样一个印象，三十年前辞职下海时，身边的朋友同事就质疑过他的选择。如今，当年的同事大多在单位有所成就，老迅更不愿让自己显得混得不好。在省城奋斗了半辈子，虽然没赚到多少钱，但至少在外面闯荡过一番，不能被那些依旧留在老家的亲戚朋友看扁了啊。

独生子迅生是老迅的心肝宝贝，也是老迅经济实力在老家人面前的"直接体现"，因此，无论自身经济情况如何，老迅总是尽可能满足儿子提出的各种要求，努力把迅生"包装"成一个别人眼中的"富二代"。

迅生相亲前，老迅就做足了打算，准备按照当年老板娶儿媳妇的套路也在老家"火一把"，有个别了解老迅底细的朋友劝他"还是实在点儿好""玩大了当心收不了场"。老迅却坚定地认为自己走南闯北见过大场面，可以"摆得平"这事儿。尤其当听说杨楠是单亲家庭时，老迅更加坚定了自己的信心。"孤儿寡母，家里没个出主意的，真就出了啥事儿，还能闹上天不成？"

"你这不是坑人家闺女吗？哪有你这样娶儿媳妇的？"我又忍不住呛了迅生父亲一句。

"女人嘛，嫁鸡随鸡嫁狗随狗，结了婚生了孩子就定下了，还能为了这个跑了不成？"老迅喃喃地说。

我摇摇头，不知该说什么。

6

最终，迅生和杨楠两口子在派出所便达成了离婚协议。我和同事本还打算试着说和一下双方，但两人一致回绝了我们的调解，出了派出所便直奔民政局。

对于那十五万七的彩礼钱，杨家答应退给迅家十万块钱，条件是此后迅家的贷款、外债和杨家再无半点儿干系。

事情发展到这个地步，两家亲戚也都瞒不住了。

得知真相之后，亲戚们都觉得脸上挂不住，怕事情弄得满城皆知，纷纷表示就这样算了，打架的责任也不再追究了，两边的人都默不作声地离开了派出所。临走时，老迅和杨母先后向我抱怨，这个世道骗子太多，孩子以后再结婚，一定要找个知根知底的人。口径倒是出奇的一致。

要命的熊孩子

1

2014年4月的一个下午，派出所辖区内的一所小学报警，称学校的教导主任王慧斌在办公室被学生家长打了。

出警到达现场，学校领导和保安正与一个老头激烈地交涉着。办公室书柜上的玻璃碎了一地，王慧斌不知去向。老头插着腰站在办公室门口，怒气冲冲地要求在场校领导"把王慧斌那个王八蛋交出来"。

老头姓张，73岁，在市机械厂当了半辈子副厂长，虽然退休多年，但周围人依旧习惯喊他"张厂长"。此前，我和这位张厂长打过很多次交道，都是因为他的孙子张东东。

彼此都是熟人，所以直入主题，我问现场的双方究竟为了什么事儿。

果然，张厂长说，张东东昨天被王慧斌打了，哭着回家向他告状，他是来找王慧斌替孙子出气的。

我问东东挨打的原因，张厂长激动地冲我吼了起来："还用问么斯（什么）原因？老师打学生就是不对！那个姓王的一直针对东东，我早就想来收拾他了！"

听张厂长这么说，同事有些生气，想上前理论。我了解张厂长的脾气，拍了拍同事，示意他不要冲动。

"王主任人呢？"我问站在一旁的学校领导。

"在二楼语文组躲着呢……"一位学校领导本想悄悄告诉我，但还是被张厂长听到了，他二话不说就要往楼上冲。我急忙上前拦住，让同事在楼下先拖着他说话，然后跟学校领导去找王慧斌。

找到王慧斌时，他脸上、胳膊上带着伤，正躲在语文组办公室里屋。见我来了，他一边迎上前来问："那人走了没得？！"一边眼睛警惕地向我身后扫视。

我忍不住揶揄他："你这堂堂一米八五的教导主任，怎么被一老头子吓成这样！"

王慧斌苦着脸说："我哪敢跟他动手啊，这么大年纪了，万一在这儿有个三长两短的，我这工作还要不要了！唉，惹不起就躲呗。"

"今儿为啥事儿闹得这么厉害？你打人家孩子了？"

王慧斌给我讲述事情的经过：昨天三年级二班的一名学生

向他告状，说新买的文具盒被同班的张东东抢走了，自己还被打了。王慧斌叫来班主任去教室找东东，东东自己不承认，但班上的同学纷纷做证说看到他抢文具盒并打人了。

王慧斌只好和班主任一起，把东东带到办公室，批评了他一顿，让他回去把文具盒还给同学并向同学赔礼道歉。东东在办公室满口答应，但一回到教室便拿着同学的文具盒，把它扔到了女厕所的大便池里。

王慧斌十分生气，在班里当众训斥了东东，还用教学用的木头尺子打了他的手，并让他把家长叫来谈话，赔偿同学一个新文具盒。

今天下午，东东果真叫来了爷爷，只是没承想，老头是来找王慧斌"算账"的。张厂长见面就质问王慧斌为什么打东东，话没说两句，便把办公室的凳子抡了起来。王慧斌左躲右闪挨了几下，实在不愿在办公室和学生家长动手打架，急忙跑了出去。好在旁边办公室的老师听到动静赶了过来，拦住了拎着凳子追打的张厂长，并通知了学校领导和保安。

"老头说'早就想收拾你'，你俩以前是不是有什么梁子？"我想起张厂长在办公室门口的话，抬头询问王慧斌。

"我跟一学生家长能结下什么梁子？还不就是因为他家孩子的事情！"

王慧斌说，东东在学校里比较调皮，时不时会和同学打架，下手还挺黑。他因此"收拾"过东东几次，让张厂长很是不满，几次来学校处理孙子打架的事情时，双方言语上也发生过冲突，估计这次张厂长是"新仇旧恨"，一起来找自己"算账"。

"他家孙子打伤了同学，从来连句关心别人的话都没有，要是感觉自己孙子吃了亏，那老两口能从学校大门一直骂到教学楼里。"

"今天这事儿你打算怎么处理？"我征求王慧斌的意见，毕竟他是受害人。

"还能怎么处理？道歉、赔偿、依法处理！教室和我办公室都有监控，从我叫张东东来办公室到他爷爷来打我，录像里都有，不怕他不认！"

"身上的伤要不要紧？先跟我去医院看看。"我看到王慧斌身上的伤，建议他先去医院看一下。王慧斌点点头，跟着我去了医院。

2

带王慧斌验完伤回到学校办公室时，张厂长脸上怒气未消。我问同事谈得怎么样，同事不屑地回了我一句："跟这老家伙没法谈，他非要学校开除王慧斌，还要赔偿他孙子的医药费。"

开除王慧斌的这个要求着实过分，学校断然拒绝，但学校也退了一步，同意付医药费，因为王慧斌确实动手打了东东，学校领导这边也想息事宁人算了。

双方又争执了半天，最后学校无奈答应，让王慧斌给东东道歉，同时要求张厂长就今天的事情向王慧斌道歉。

随后，张厂长回家拿了昨天带孙子去医院检查的缴费凭据交给学校，一看检查项目和金额，学校领导立马炸了。

"你这也太过分了吧！CT、核磁共振、心电图、肝功、肾功啥的全都查了一个遍，光检查费用就三千多，这不是扯淡吗，木尺子打手用得着去拍脑CT、测肝功肾功吗？这不是讹人吗？！"

"他们说就打了我家东东的手，是不是真的我怎么知道？孩子那么小，万一被打出什么内伤来，现在看不出来，以后落下病根儿怎么办！"张厂长理直气壮。

"你以为老师都是武林高手啊？还打出内伤来！那你再跟我说说，心电图是啥意思？"我问。

"怕孩子心脏吓出毛病来。"

"那血液五项呢？这也用得着查？"

"不放心嘛。"

我直截了当地划掉了五分之四的检查项目，张厂长不满地冲我嚷嚷，扬言要去投诉我。我明确告诉他，不必要的检查项目不能作为索赔依据，告到公安部也是这么个结果，张厂长这才悻悻地住了口。

回头处理王慧斌被打的事情，我和同事打算带张厂长回派出所追究责任，学校领导却劝我"尽量低调处理"。我又问王慧斌的意见，他见学校领导表了态，也没再提"依法处理"，只是不情愿地点点头说:"那就算了吧,毕竟我是学校的老师,别为这事儿再给学校带来什么不好的影响。"

听王慧斌这么说,我瞪了他一眼。既然当事人都不再追究,我们也没什么办法,只好随了他们。

3

张东东是张厂长唯一的孙子。

张厂长膝下两儿两女,大儿子和两个女儿生的都是女孩,只有小儿子给他生了这一个孙子。

张厂长想孙子想得着魔。东东出生那天,儿媳在妇产科生孩子的时候,张厂长和老伴居然把家里的佛像、香炉摆到了妇产科走廊里,一边磕头上香,一边嘴里念念有词,医院保安上来制止,结果还发生了冲突,差点儿被保安扭送到派出所。

直到护士出门通知家属"是个男孩儿",张厂长才长出一口气,继而欣喜若狂。"终于有孙子了,张家的香火可算续下去了!"

小儿子一家在武汉做生意,张东东一直跟张厂长老两口一起生活。平时在家呼风唤雨,有时甚至称得上飞扬跋扈。他经常给爷爷奶奶提各种要求,老两口稍有不从,便跑到屋外一边打滚一边叫骂,直到要求得到满足为止。周围邻居都说,"在他们家,张厂长是孙子,东东才是爷爷"。

张厂长的家紧邻派出所,我们时不时会听到东东骂爷爷奶奶的声音。有一次,东东又在楼下叫骂,内容实在难以入耳。一位同事吼了东东两句,不料却引来了张厂长,老头非但没责怪孙子,反而和同事吵了一架。

"我的孙子教成什么样我说了算,用不着你们多管闲事!"张厂长常把这句话挂在嘴边。

"这也真是有些过分了,哪有孙子站在楼下骂爷爷奶奶的!"每次见到东东在楼下骂人,我都忍不住要感慨几句。

"这孩子长大以后也是个人才,这么小就知道制造'舆论影响力',啥事在楼下一闹,周围邻居都听得见,丢他爷爷奶奶的人,搞不好就能如愿。要是在家里闹,搞不好就要挨顿打。"同事笑笑说。

"这孩子年纪这么小,怎么骂起人来这么难听!"

"这还用说吗,肯定有人教啊,这个年纪的孩子教什么学什么,学什么像什么。"派出所的老同事在一旁回忆,张厂长的老伴年轻时就在本地以"泼辣"出名。20世纪80年代末的时候,她就曾因一些琐事,跑到一个小区里,一边踱步一边骂街,从午后一直骂到黄昏,连续几个小时声音嘹亮,且措辞少有重复。从那以后,周围再没有人敢和她发生争执。

4

终于,张东东长大了。我们也正式开始和张厂长"打起交道"。

第一次闹到派出所的时候,张东东还在我们辖区的一所幼儿园读学前班,他用一个中号燕尾夹夹伤了同学亮亮的"小鸡鸡",幼儿园把双方家长叫来协商处理。

见面后,张厂长先是拒绝承认孙子弄伤同伴的行为,又拒绝了亮亮家长提出的"带孩子治病"的要求。

但当听说孙子被受伤后哭闹的亮亮抓伤了胳膊后,张厂长竟然立刻上前,当着对方家长的面,打了人家孩子一巴掌。双方家长随即大打出手,直到民警赶来制止。

张厂长被亮亮爸打了几拳,亮亮奶奶被张厂长老伴骂得犯了心脏病。事后双方都不同意调解,从派出所闹到了法院,针对谁该赔偿谁的问题,扯皮了一年半。

实在受不了双方隔三岔五就来派出所吵架,我强行把东东爸从武汉叫了回来。本以为老子胡搅蛮缠,儿子应该也是个"扯横皮"(不讲理)的主儿,我还提前准备了"话术",没想到东东爸居然压根儿不知道儿子的事情。

"对不起,给你添麻烦了……"一见面,东东爸就一个劲儿地向我道歉,反而搞得我有些不知所措。

"这不是给我添麻烦的事儿,我的工作就是处理这些麻烦,你看这个事,你爸也忒冲动了,怎么能动手打人家的孩子……"

我话还没说完,窗外突然传来了张东东的叫骂声:"鸡×眼子,老不死的……"

东东爸听出了儿子的声音,一下愣在了那里。

"他骂谁呢?"东东爸问我。

"站你家楼下,你说骂谁呢?"

"小兔崽子!"东东爸爸猛地转身就往外跑,我隔着接警台拦不住他,只能把头伸到一旁的窗户外头喊他"别打孩子"。

不过我的话已经晚了,东东爸爸冲过去一巴掌拍在了儿子屁股上,东东发出撕心裂肺的哭声,张口还想骂,却被爸爸拧住了脸蛋子。

"住手!"张厂长的怒喝随即传来,眼见着就从楼上冲了下来,一把抢过了儿子怀中的孙子,站在楼下开始高声训斥儿子。

"唉!"我关上了窗户,坐回到接警台前。

东东爸在家待了一个月,总算把幼儿园的事情处理妥当。临走前,他愁眉不展地找到我,想让我帮忙管管他家的事情。

"一边是你爹,一边是你儿子,我一个外人能管你家的事儿?"我哂笑着拒绝他。

"唉,这样吧,以后我们家这边再有啥事儿闹到派出所来,你直接打电话通知我,别由着我老爹瞎搞!"

这个要求不算过分,我答应下来。

5

2012年年底,派出所维修办公楼,并对楼体和外墙进行了粉刷。民警们看着里外一新的办公楼，心情很是愉悦。

没过几天，我早上下楼到值班室接班，发现所长脸色不对。问同事怎么了，同事指指门外说："出去转一圈看看，你就明白了。"

我走到门外一看，派出所新刷的外墙上满是墨水涂鸦，还有几句骂人的脏话，其中有些字还用的是拼音。

"去调监控看看，把那家伙给我找出来！"所长在值班室里怒吼。

很快，同事就通过监控找到了"幕后黑手"——张东东。

监控录像里，前一天夜里11点多，张东东拎着爷爷平时练书法的家什来到派出所外，一笔一画地在院墙上完成了他的"杰作"。

来到张厂长家，老两口矢口否认孙子昨晚出去过。我们只好出示了监控视频截图，张厂长看了半天，才很不情愿地承认。

我让张厂长把孙子叫出来，想和孩子聊几句，但老两口一口拒绝。"孩子小不懂事，又没造成多大损失，你们至于和个小孩子一般见识嘛！"张厂长的老伴抱怨道。

"不是损失大不大的问题，我们至少得知道你孙子为啥干这事儿吧？"

张厂长说什么也不让孙子见我们，没办法，我打电话叫回了东东爸。

听说儿子这次把祸惹到了派出所，东东爸放下生意，急匆匆地赶回来，问清原委后，带着父母和儿子来派出所道了歉。

原来在派出所修楼时，东东看中了施工队工人的手电钻，找工人讨要不得，便把"仇恨"记在了派出所头上，趁晚上画花了派出所的外墙。

东东爸找人给派出所重新粉刷了被涂画的外墙，看到不菲的花销，张厂长老伴很是不满。她不好意思冲民警发作，只是不断地咒骂那个不满足她孙子要求的工人。"手电钻又玩不坏，给孩子看看怎么了？这么抠门，活该一辈子打工！"

"得亏这次是画的派出所，让赔钱她没敢闹我们，要是画了别的地方，还不知道会发生什么……"同事听到张厂长老伴的抱怨，小声对我说。

处理完派出所外墙的事情，东东爸又被我请到了办公室。

"以前我爸妈不是这样的，教育我们兄妹几个的时候很是严格，现在带孙子咋给带成这样了？"东东爸也十分苦恼。

"你还是尽量把孩子带走吧，跟着你爹妈这么个搞法，迟早学废了。"办公室里一位和东东爸相熟的民警劝他。

"不是我不想自己养，老两口不愿意啊，他俩盼孙子盼了好多年，我哥姐家的女孩子他俩还不带，就想带孙子。"

"你做做工作吧，俗话说'隔辈亲隔辈溺'，带出问题来以后还是你们两口子承担。"

东东爸不住地点头。

6

教导主任王慧斌被张厂长打了之后没多久,东东爸也忍不下去了,他和妻子回到老家,坚决要把儿子转到武汉去上学。

因为这件事,婆媳之间、父子之间爆发了严重的冲突,民警为此又出了好几次警。最后,张厂长老两口终于拗不过儿子一家,同意东东去武汉生活。

孙子要走了,张厂长的老伴气不过,就把邪火往教导主任王慧斌身上发。连续半个月,天天去小学大门口堵着门叫骂,吓得王慧斌只好请了年假出去躲避。

办完转学手续送东东走那天,张厂长老两口足足买了六大包玩具、零食,硬是塞进了儿子的车里,并说好以后隔周就要去武汉看一次孙子。

东东走后,我经常在周末的清晨遇到等公交车的张厂长。他衣着光鲜,手里拎着两个鼓鼓的最大号超市购物袋。

"干啥去老张?"我问张厂长。

"去武汉看孙子!"

"不用带这么多东西,武汉超市多得很,到地方再买多省劲。"

"哎,这都是东东以前爱吃、爱玩的东西,怕到武汉一下找不到,还是从家里带方便。"

之后,有段时间我都没再见到张厂长老两口,我以为他们也搬到武汉常住去了。2014年年底，去居委会办事时，居委会干事突然拉住我问："你记得以前住派出所边上的那个张老头不？"

"哪个张老头？"

"唉，就是张厂长！"

"记得啊，好长时间没见他老两口了，怎么了？"

"老头快完了，住院呢。"说着，居委会干事指指医院方向。

"咋了？之前不还好好的吗？"

"嗨，听说是被他孙子害的。"

一个八九岁的孩子怎么会把自己的爷爷害到这个地步？我着实不解。

几经查询，才在武汉市公安局某派出所的警情通报上查到了寥寥几句记录。一个月前，张厂长带孙子去武汉街道口附近的一家大型商场购物，被孙子从电动手扶梯上猛推一把滚了下来，受了伤。

"哟，估计伤得蛮重啊。"一旁的同事说。

"为啥？"

"在武汉受的伤，回老家来住院，咱这儿的医疗水平哪能和武汉比。他又不缺钱，这八成是回来维持了……"

尾 声

2015年春节前的辖区重点单位检查时，我在医院见到了张厂长一家，这才知道了真相。

东东爸告诉我，两个月前，张厂长带东东在武汉街道口的一家大型商场购物，东东在商场一楼看上一款进口玩具，闹着让爷爷给他买。张厂长一看价格有些发怵，加上身上带的钱也不够，便和孙子商量着下次再买。

东东却不依不饶，当时就在商场里闹了起来，还用上了之前在家门口骂爷爷奶奶的词。大庭广众之下，张厂长实在磨不开面子，打了孙子一巴掌，拽着他离开了柜台。

正当爷孙俩走上电动扶梯，马上要到二楼时，站在前面的东东突然转身发力，猛地撞向张厂长。猝不及防的张厂长失去重心，从上行扶梯上倒栽葱似的滚了下来，后脑受伤，当场不省人事。

虽然张厂长第一时间就被商场的工作人员送往医院抢救，保住了性命，但医生说脑部严重受伤，让家属做好长期护理的准备。在武汉住院医保不给报销，家人只好把张厂长接回了老家医院。

"孩子小，不懂事儿，你们两口子可别……"听到这些，我实在不知道该跟东东爸说什么好。

他没有接我的话茬，自顾自走到住院部门口抽起了烟。

我的朋友是赌徒

基层民警的交际圈子很广很杂,但真正能做朋友的人却不多。作为外地人,日常警务工作之余,能够接触到的,除了同事和有业务联系的人之外,基本只剩各类"打击目标"和"工作对象"了。驻守派出所的日子里,生活即是工作,工作也是生活。工作中的交往对象逐渐构成了我生活中的朋友圈。在警务工作冰冷、严肃的规章制度之外,我们之间也有着生活化的交流和沟通。我曾努力走进他们的生活,并试图在权责允许的范围内做好朋友该做的事情,且不论他们的身份如何。当然,每个人都有自己的世界和独一无二的活法,我只是真心希望自己能够帮助他们认真地生活。

1

2016年6月的一个雨夜,睡梦中的我被一阵急促的手机铃声惊醒。强睁着眼睛看了下时间，凌晨两点，滑开屏幕，肖宁的声音从听筒中传来："兄弟，能不能来'浅水湾'一趟？"

"疯了吗？这么大的雨，去那里做什么？"

电话那端陷入一阵沉默，我耳边只剩下窗外传来的滚滚雷声。

"我要出趟远门儿，想跟你告个别。"

"扯什么犊子？凌晨两点出远门儿！"我不知他葫芦里卖的什么药，拒绝了他的请求。

电话那端又是一阵沉默，肖宁又开口："兄弟，哥借你那一万块钱暂时还不了你了。"

"拿去用拿去用，我又没催着你还。"深夜被吵醒，我不满地答道。

"唉……那没事儿了，我挂了兄弟。"听语气肖宁似乎还有什么话要说，但最终犹犹豫豫，没有说出来。

挂断电话，我闭上了眼睛，刚要再次入睡，手机又"叮"地响了一声，还是肖宁的信息："车在王俊琪那里。"

"车？什么车？"看到信息我有些迷惑不解——我没有车，肖宁也没有车。回信息询问，肖宁半天没有回复，打电话过去，无人接听。

"真他娘的有病！"我心里暗骂肖宁，把手机扔到了一边，继续睡觉。

早上8点，下楼去值班室点名，居然四五位民警都不在。同事说半个小时前东荆河边发现了死人，他们出警去了。

我心中突然有种不祥的感觉,赶紧给出警的同事打电话。果然,同事说死者是肖宁,身边扔着一瓶敌敌畏,初步勘察是自杀,具体死因还得等法医鉴定。

我呆立着,很久说不出话,直到领导叫我去办公室——因为肖宁留在现场的手机里,有发给我的信息。

2

肖宁殁年33岁,直到现在,我也不知那晚他约我去浅水湾酒店到底要做什么。

他的父亲得到消息后来到派出所,坐在接待室里,老泪纵横。他始终不愿相信独生子自杀,坚持要求警方调查儿子的死因。

除了最后发给我的那条信息外,肖宁在人世间再没有留下只言片语。也因为那条信息,我被领导留在办公室里,等待督察支队的约谈。

我承认自己曾借给过肖宁一万块钱,因为那时他跟我说,在武汉打工需要租房子,缺钱。督察支队的民警问我有没有向肖宁逼债,我把手机交给了同事,让他去查阅我俩之间的通信记录。

督察支队民警又问,"车在王俊琪那里"是什么意思。我的确不知道,只能摇头。

不过,关于车的答案没有让我们等太久。当天下午,肖宁的前女友来派出所报警,称肖宁两天前借走她的日产轿车,今天他失联了。

同事恍然大悟。根据推测,我们很快找到了"王俊琪"——一家寄卖行的老板。王俊琪说肖宁把那辆轿车作为抵押,从自己手里借走了四万块钱。

"那笔钱呢,见过没?"同事问肖宁的父亲是否见过这笔钱,老人颤抖着声音说:"你们去卖彩票的店子里问问吧。"

根据"天眼"的监控视频,视侦中队的同事也迅速摸清了肖宁生前最后一天的活动轨迹:早上9点进入了城南浅水湾酒店旁的一家彩票店,直到晚上11点才出来。我和同事赶到那家彩票店,才得知肖宁前一天在这里输掉了八万块钱。

"他人呢?今儿怎么没来,是不是跑了啊?他还欠我不少钱呢!"彩票店老板不住地向我们抱怨。

"一天(让他)输八万,你太过分了吧?!"

"我敞开大门做合法生意,他买我卖,有啥过分的?"店主毫不客气地回应。

我按照程序调取了昨天肖宁在彩票店的视频录像和所打的彩票副本,临走时看了一眼彩票店的墙,"理性投注,量力而行"的提醒公告分外刺眼。

3

肖宁生前原本是一个自信快乐的胖子,经营着一家照相馆。

因为和派出所有业务往来，所里的民警都认识他。我也与他打过不少交道，知道我也爱好摄影，肖宁经常给我看他在全国各地游览时拍摄的照片，这让我们的关系拉近不少。

2015年5月，局禁毒支队指派我蹲守监视辖区一家日用品店的人员往来情况，有家彩票店就开在日用品店的马路对面，我便将观察点选在了这家彩票店里。

一个星期的蹲守，没有查到日用品店有什么不正常，倒让我发现肖宁竟然是彩票店的常客：每天上午9点，肖宁准时来到这里。坐定后，彩票店老板就会喜笑颜开地送上两瓶饮料和一包黄鹤楼"硬珍品"："拿去抽、拿去抽。"肖宁也不推辞，气定神闲地拧开瓶盖儿，点上香烟，开始在小本子上计算今天的"热号"。

一开始，我惊异于彩票店老板的慷慨：一注彩票才2元钱，他送给肖宁的饮料和香烟加一起得50多元。

直到肖宁开始"打票"后，我才知道彩票店老板的"慷慨"，不过是羊毛出在羊身上。

肖宁玩的是体彩的"11选5"高频开奖彩票。购彩人可以从1至11这11个数字中任意选择1个到8个号码，10分钟开奖一次，每天开奖80多期，一期开出五个中奖号码，根据购彩人购买号码的个数和猜中的个数，单注奖金从6元至1170元不等。

大多数时候，肖宁选择的是"任三四码"玩法——这是一种"高效投注法"：选择四个号码投注，只要猜中其中三个，单注便可获得19元的彩金，如果四个号码都被猜中，则可以赢得

76元。"任三四码"单注需投入8元,但肖宁在投注时又会使用"倍投守号"的方式:第一、二期买1倍,第三期买2倍,第四期买4倍,第五期买8倍,第六期买16倍,依次类推,直到中奖为止。

这种投注方式在理论上号称可以不断依据上一期开奖结果提高下一期中奖率,但投入的资金也十分惊人,等投注到第十期的那轮,肖宁需要一次性投入2048元。假如中奖,他至少可以获得4864元的奖金。去掉之前的本金,他还可以赚千把块钱——但如果没中奖,后面将会是继续翻倍的巨额投注。

肖宁坐在彩票店里,时而写写画画,时而苦思冥想。往往从第五期开始,他便紧锁眉头,眼睛直勾勾地盯着开奖电视的滚动屏幕。他最希望能在第八到第十期之间中奖——因为太早中奖奖金不多,太晚了中奖则本金太高买不起。

肖宁总是信心满满地把选定的号码报给店主,店主并不要求他立即交钱,而是等到本金凑够一定数额后再一次性收款。肖宁"看号"的水平据说不错,能时不时中些小奖。有几次他见我站在旁边,还撺掇我也跟他买几注。我推说不会玩,他便替我选了几组号码,结果还中了几注。

一周过后,禁毒支队的任务结束了,我也要从彩票店撤走。临走那天下午,我正和彩票店老板交代事情,只听肖宁在我身后突然爆发出一阵欢呼。转头询问,肖宁激动地挥舞着手中的彩票,说自己中了两万多块钱。

我接过肖宁手中的一摞彩票，一看，这轮他总共投入了14000多元，终于在第十二期等到了他想要的数字。看他志得意满，我不禁替他捏了把冷汗——如果这期再不出那组号码，那么下期他要投入接近两万块钱才能继续他的"押注"。

"这东西，玩归玩，适可而止就行，别搞得跟赌博似的。"我劝了肖宁一句，把彩票递还给他。

肖宁正在中奖的兴头上，没接我的话茬儿，反倒是彩票店老板略有不满地说道："我们这个是正规的体育彩票，不是赌博。"

我不好再说什么，摇摇头，收拾东西离开了彩票店。

4

没想到，没过两天，派出所接到报警称彩票店有人打架。我和同事赶到现场，发现肖宁正跟彩票店老板撕扯在一起。

好不容易把两个人分开，肖宁还是像一只斗红了眼的公鸡一样凶狠地瞪着彩票店老板，声称要让对方赔偿自己几十万元的损失。而彩票店老板也骂骂咧咧，要求肖宁把之前赊的上万元彩票款还上。

原来，这天肖宁选定了一组"任三复式四码"号码，连追了13期倍投。到第十三期时，需要投入16000多元，肖宁身上已经没有那么多钱了，好说歹说，老板看在老顾客的分上让他赊了账。但不幸的是，这一期肖宁依旧没有中奖。

从第十三期出结果到第十四期开奖的 10 分钟里,肖宁一边打电话筹钱,一边要求彩票店老板继续帮自己追号,但老板坚决要求肖宁先把第十三期的彩票钱还上,否则拒绝帮他追号。两人争执间,第十四期彩票开奖了,肖宁选定的四个号码全部出现在中奖号码中——如果他按照原计划继续完成了"倍投"的话,他将会得到 20 多万元的奖金,不但之前的投入全部能回本,而且还能大赚一笔。

"警官你看,他这期要是给我打了(号),我一下就'上岸'了!"肖宁怒气冲冲地对我说。

"得了吧,想靠这个发财,死了那条心吧!不交钱哪个给你打彩票?抓紧把欠人家的钱还上!"我没好气地回吼了肖宁一句。

自知理亏,又看我不站在他这边儿,肖宁只好悻悻作罢,给彩票店签下一张欠条后离开了。见他走了,彩票店老板反而有些后悔。我明白老板的那点儿小心思:彩票中心按照彩票店的销售额给店主"返点",肖宁是他的"大客户",他其实是怕这次得罪了肖宁,肖宁以后再也不来他店里打票了。

我的同事敲了敲墙上贴着的"理性购彩,量力而行"的标语,意味深长地瞪了老板一眼。老板明白了我同事的意思,连忙再次辩解体彩的"合法性"。我有些烦,冲店主摆摆手,示意他住口。

"他再来这儿玩这么大的,你打电话告诉我一声。"因为之前辖区里出过几个买彩票买到家破人亡的案子,和肖宁毕竟又是朋友一场，我想尽可能地控制他一下。"

彩票店老板不情愿地点点头，走之前又听他不满地嘀咕："多管闲事，又不是我一家店，他不来我这儿也会去别人那儿。"

5

肖宁曾经问过我一个问题："老弟，你知道买彩票最怕什么吗？"

"还能怕啥？怕不中奖啊。"

肖宁摇摇头说："不对，买彩票最怕中奖。"

"为啥？"

"有了希望，就让你永远停不下来。"

肖宁说，他第一次接触彩票，是陪朋友来玩。那天朋友买了几百块钱的彩票但一分钱没中，他只是随意地选择了一组号码便中了500多块钱，从此感觉自己"有财运"，便迷上了"11选5"。

"这种玩法玩的就是心跳、刺激！"肖宁之前经常这样说。因为"11选5"不像"大乐透""双色球""七星彩"这些需要一天或隔天才开奖的彩票，理论上号称超过50%的返奖率和高频的开奖次数，让人欲罢不能。虽然每张彩票限制最大投注倍数为99倍，但很多彩民会以多张连打的方式规避这一规则。

"你这个和赌博差不多吧？"我经常问肖宁。

每当听我这么问,肖宁都会连忙摇头:"不不不,这怎么能叫赌博?国家禁止赌博,但彩票是合法的。"

迷上"11 选 5"之后,肖宁对照相馆的生意也不上心了,很多次去照相馆找他,他都正专心致志地抱着本子研究彩票号码。我提醒他千万别走火入魔,他总是不屑一顾地摆摆手。

但分明已经沉溺其中了。

2015 年 12 月,也是一个深夜,电话响起,电话中肖宁恳求我"以个人身份"去他家出一次警。听他吞吞吐吐,我不明白是什么意思,当然,更不可能"以个人身份出警",便叫上当晚值班的同事,一起赶到了肖宁家。

没想到,肖宁家在深夜"热闹非凡",至少有三伙人坐在他家的客厅里,原来都是肖宁的"债主"。

与儿子同住的肖宁父亲呆坐在沙发上,眼前摆着一摞借款合同,全部署着肖宁的名字。我简单翻了一下,不算利息,光借款本金就有 70 多万元。肖宁承认这些都是他借的,钱都被他买彩票了。

"买了 70 多万元?"我吃惊地问肖宁。

肖宁点点头,说他从年初开始不断地筹钱打彩票,除了这 70 多万元的"小额贷款",还有 10 多万元的网贷,也早已逾期,不知对方何时会上门讨债。

警察无法介入借款纠纷,我和同事只能从中尽力调解。我们说得口干舌燥,但"债主"们仍旧非要当晚就拿到钱。正僵持着,肖宁的老父亲突然"扑通"一声跪倒在"债主"们跟前,恳求他们宽限一个星期。

所有在场的人都很吃惊,肖宁更是一下跪到父亲旁边不断地抽自己耳光。"债主"们见状,也怕讨要得太过急迫会催生出其他事端,商量了一番,只好答应一周之后再来收款。

送走了"债主",我问肖宁父子下一步怎么办。肖宁沉默不语,半晌,肖宁父亲长叹一声:"还能怎么办,欠债还钱天经地义,卖房子吧。"

6

肖宁父亲的房子加急卖,只卖了50万元,肖宁又把照相馆盘给别人,找亲戚朋友借了不少钱,总算把欠下的各种"小额贷款"还清了。

从家里搬出去那天,肖宁抡起菜刀要切自己的手指,说让自己长个记性。我一边拉住他,一边指指他的脑袋,说长记性靠这里,真要切,切脑袋。

肖宁的父亲自始至终站在客厅里,眼睛直勾勾地看着墙面。我顺着他的目光跟着望去,墙上贴的都是荣誉证书。老爷子当了一辈子工人,在工厂里兢兢业业,因工伤失掉了两根手指,得了不计其数的奖,这套房子还是当年从单位退休时单位发给他的"终身成就奖"。

"别赌了，戒了吧。"我劝肖宁。

"真不是赌……"肖宁又要辩解。

"还他娘的不是赌？房子、店子都进去了！"看他这样，我的火气"嗖"地窜了上来，恨不得打他一顿。

肖宁看我动气了，急忙摇头："不赌了不赌了，再也不赌了……"

自那以后很长一段时间，我确实没有在我们派出所辖区的彩票店里见过肖宁。打电话给他，他说人在武汉一家影楼打工，赚钱还债。我很欣慰。他又说自己需要一些钱在武汉租房子，我打给了他一万块钱，并反复提醒他不要再碰彩票，肖宁在电话里满口答应。

但后来有人告诉我，其实肖宁并没有去武汉，而是继续买彩票，只是躲到了城南的彩票店里去了。

再打电话问肖宁，他开始还不认账，但在一次通话时，彩票店里突然响起的开奖音乐出卖了他。我愤怒地要求他见面还钱。肖宁无奈，只好承认自己又开始玩"11选5"了。

"之前怎么承诺的？再赌切哪里来着？"见面后我冷笑着质问肖宁。

他低头不语。

肖宁父亲曾找到我，求我"处理处理"城南浅水湾酒店旁的那家彩票店的老板。我问原因，肖宁父亲说，那个老板最近几乎天天找肖宁推销"新玩法"，还说什么"谁家孩子天天哭，谁买彩票天天输"。

肖宁过去在彩票店里一掷千金的事情早已在本地口口相传，很多彩票店老板都把他当成"财神"，城南那家彩票店刚刚开业，急需找人"冲排名"，所以老板三天两头地来"邀请"肖宁。

我怒不可遏，托城南管片的派出所民警约谈了那个老板，告诉对方肖宁目前窘迫的经济状况，并尽可能地"敲打"了老板一番，让他少动歪心思。

面对民警，彩票店老板信誓旦旦地说不再撺掇肖宁，但事后表明，那些保证不过是他搪塞我们的谎言。

为了防止肖宁再去借钱，我又联系了一些有过"放码"前科的人和辖区所有小额贷款公司，告诫他们不要给肖宁放款。这些人有的支支吾吾，有的点头称是，但我心里也清楚，他们都知道警察其实管不了这些，应付我的成分更多一点儿。

肖宁跟我透露过他始终不能"跳出来"的原因："我对不起父亲，害他这么大年纪了要卖掉房子替我还债。靠打工，还不知道什么时候才能再给父亲买一套房子。我就想再搏一把，把房子钱赚回来就收手，以后绝对不玩了！"

而城南彩票店的老板依旧在私下里撺掇肖宁，并且给他提供"小额贷款"。肖宁也梦想着"从哪里跌倒再从哪里爬起来"，像无数赌徒一样，一步一步坠入地狱，永不复生。

肖宁的不悔改让我失望，也就懒得再管他的事情，借给他的一万块钱自然也不指望他还能还我。但肖宁的父亲经常来找我，求我把肖宁从彩票店里拉回来。"你们毕竟朋友一场，年龄又差不多大，你说的话他听。"

看到肖宁父亲苍老无助的面庞和缺了两根指头的右手，我心一软，只好再陪着他去拉儿子回家。

一次在城南彩票店里，肖宁父亲气急之下冲店老板吼道："像你这种人，坏了良心，迟早被警察抓去坐牢！"老板却微笑着指着我回敬说："我这是合法生意，你看看他敢不敢抓我。"

看他竟然将矛头指向了我，我忍无可忍道："咱俩可以赌一把，就赌警察有没有办法抓你。"

7

肖宁的丧事办得悄无声息，之后半个月，他生前的各类"债主"因为找不到肖宁，开始陆续来到派出所。这些人大多都是之前被我告诫过的对象，他们有的借口"找人"，有的声称被肖宁"诈骗"要报案，但真实目的都只有一个，就是想通过派出所找到肖宁，让他还钱。

我们大概统计了一下，这半年里，肖宁又为买彩票借了一大笔钱，本金加利息足有60多万元。

"他死了。"我告诉"债主"们。

有人错愕，有人质疑，还有人扬言"子债父还"，要去找肖宁的父亲要账。

找了一天下午，我把所有的"债主"约到警务室，包括城南彩票店的老板。肖宁从他那里借走了7.3万元的"小额贷款"，按照协议应当还他11万元。

他们纷纷指责肖宁"不是东西"，有个别激动的竟在我面前喊打喊杀。我冷笑着看他们表演，等他们各自"秀"完，开口问他们："之前警告过你们吗？"

有人点头，有人摇头，有人不置可否。

"那你们为什么还要借给他钱？"

"他说他去干正经事儿，法律没有规定不能借钱给他啊……"一个人小声嘀咕。

"放屁！干正经事儿？别以为我不知道，从你那儿借一万，两个月还，每个星期光是利息就要两千，哪个'干正经事儿'的人借得起你的钱？"我愤怒地瞪着那个"债主"。

众人不语。

"人死账销也好，'子债父还'也罢，去法院打官司解决！丑话放在前面，哪个敢私下里去骚扰肖宁他爸，别怪我到时不给你们面子！"

打发走了一众"债主"，我也返回派出所。路过辖区的彩票店，门面上悬挂着的火红条幅正迎风飘扬，上面是几行烫金大字：

"祝贺×××彩票站开出双色球／大乐透头奖×百万元。"

条幅下面，抱着发财梦的人们进进出出。

被全家人逼着去卖身的女孩

去年7月的一天,我和同事在省厅办完事,晚上一起到街道口吃饭。

正在等菜时,有一家三口走进了饭店。妻子齐耳短发,手里抱着年幼的孩子,脸上带着幸福的笑容。丈夫憨厚敦实,一手提着大大的购物袋,一手轻轻扶着妻子。

服务员将一家人引到离我们不远的位子前面,丈夫将手中的购物袋放在一旁,亲昵地接过妻子手中的孩子。这间隙,妻子放松下来,四处望了望,目光掠过我们桌,停了下来,眼神中有喜悦、有错愕、有吃惊,还掠过一丝忧虑。

四目相望,我也愣了一下,下意识想起身打招呼——但又意识到不妥,马上打消了自己的念头,只是轻轻冲她点点头、笑了一下,便收回了目光。

"认识?"同事发现了我的异常,转头看了一眼,轻声问我。

"嗯。"我点点头，然后岔开了话题。

其实，目光交错的那一刻，我很想像老友相见一样，上前和她寒暄，听她讲讲最近的境况，还有那个以前她向我提起的梦想现在实现了没有。

但我不能那样做。我怕我贸然上前，会打扰她现在的生活。

"相见不如怀念，愿一切安好。"当晚，我在QQ空间里突兀地写下一句心情。

没过多久，有人留言。是一个陌生号码，只有两个字。

"谢谢。"

1

她叫方巧，曾经是我的朋友。但我们第一次见面，却是在一个对她来说很不光彩的地方。

2014年年初，公安局组织了一次"扫黄打非"专项行动，在突查辖区一家酒店时，方巧被我逮了个正着。

派出所里，她没怎么抵赖，也没做过多辩解，还算配合。民警审讯她时遇到的唯一困难，是她不会说普通话，那地道的山东方言，让来自南方的同事们一筹莫展。

我是山东人，自然被派上了场。老乡见老乡，本该是一件愉快的事情，但在这种环境下相见，谁都愉快不起来。

方巧那年21岁，来自鲁西南山区，"从业"一年有余。

讯问过程按部就班，方巧说自己家中困难，不得已从事了这个不光彩的职业。对于她的话，我懒得深究，因为之前被抓获的失足妇女大多也都是同样的说辞。

做完方巧的材料，同事去公安局法制科报裁。等待的间隙，我坐在讯问室里，便找话头和这位老乡聊了起来。

"家中困难，还用这么好的手机？"我指着桌上的一堆手机问她。

现场收回来的手机撂成一撂摆在我面前，基本都是当时上市不久的iPhone 5S。

方巧却摇摇头，指着其中一部显然不太入流的翻盖手机说，那个才是她的。我反而有些不解，以前进到派出所的失足妇女大多人手一部高档手机，她们的钱来得快，一般都舍得在这些方面"犒劳"自己。

"少见啊。你留着钱干啥用？"

"给我弟用。"

方巧说，她的弟弟在南京读大学，学费和生活费都由她来负担，赚的钱基本都给她弟弟转走了。看我不太相信，还让我打开她的手机相册，看她弟的照片。

我打开手机，里面确实有一个男孩子的几张照片，看长相和方巧有几分相似，看背景也确实是南京某大学的校园，只是那个男孩子的衣着打扮看不出是家庭困难的样子。

"你父母呢？去世了？"我顺着方巧的话问她。一般来说，这些失足妇女总会顺势编一个类似父去世母病危的"感人"故事，然后试着"恳请"我"放她一马"。

可方巧却说她的父母都在，自己是自愿干这行承担弟弟学费的。我再深问她就不说了。

同事从局里回来，告诉我法制科裁定，对这批失足妇女拘留10天。我向方巧出示了处罚通知，让她在上面签字按印，方巧紧张地问我她会不会被送去劳教。

"不想去劳教？怕耽误'赚钱'吗？"其实在2013年年底劳教制度刚刚被废除，但我不想直接回答她，反问了一句，希望她断了重操旧业的念头。

方巧说，年后弟弟开学要各种费用，钱她还没凑齐。

"怎么着？你还真打算接着干啊？"我继续反问她。

方巧赶紧怔怔地摇摇头。

2

方巧的住处在辖区内一个老旧小区里，原本她是和另外一个"姐妹"一同租下了这套两室一厅的房子，白天做一些手工活，晚上去夜场"上班"。两人都不是"全职"，大多数时候是在夜场陪酒、陪唱，只有当客人提出额外的要求并支付高价，才会"出台"。

这样既可以让夜场老板摆脱"容留、组织卖淫"的罪名，又能吸引一批抱着不纯目的前来消费的客人，因为陪酒、陪唱并不犯法，警察也拿夜场老板没什么办法。

后来，方巧的"姐妹"嫌夜场老板"提点"太狠，辞了工作，在自己的房间里专职"开工"卖淫，结果遭到邻居举报，被警察抓走。但房子租期未到，所以方巧依旧住在这套房子里。

专项行动之后，领导要求我"处理"一下涉案的失足妇女。所谓处理，就是暗示我要把她们全部从管区里"赶走"，我心领神会，找到房东，让他把方巧二人剩余的租金退掉，把房子收回来。房东虽不情愿，但还是连连点头。

拘留了10天之后，方巧回到了住处，发现房东已经把她的行李扔到了楼道里，让她"拿东西滚蛋"。方巧要求房东把剩余的8000多元租金和押金退给她，但房东坚决不肯，不但很露骨地说了一些侮辱她的话，还动手打了方巧。

那次，还是我出警帮方巧要回了租金和押金。方巧很感动，说没想到警察还会帮她。我说，一码归一码，你"捞偏门"该打击就打击，他"趁火打劫"该处理就处理。

方巧拖着行李满城找了三天房子，也没找到合适的。市里的便宜房子基本都在我们的管区里，她又跑回来求我网开一面，让她继续在附近找地方住，并保证一定会找一份正儿八经的工作，绝对不再"捞偏门"。

我勉强同意了方巧的请求，明确告诉她，再被我抓住一次，马上收拾东西走人。方巧千恩万谢，不久就在附近租到了合适的房子，然后又在步行街的美甲店里找到了一份学徒工的工作。

领导责问我为什么不把人"撵走"，我解释说，人在这儿我还能看着，撵到别的地方成了"暗娼"，更难管控。何况我们的管区本身就鱼龙混杂，赶走了方巧，再搬来个张巧、刘巧，谁知道会惹来什么麻烦，还不如把这个"在控"的管好算了。

领导听完，还亲自去步行街"暗访"了一圈，看方巧确实在那里规矩上班，方才作罢。

3

步行街是管区的"重点部位"，上级要求我们每天必须完成两次巡逻。方巧工作的美甲店位于步行街的第一家门面，每次巡逻时我都会下意识地望一眼，看方巧有没有"脱管"。

后来跟方巧熟了，我也问过她，为什么不去省城或南方的大城市找一份工作。方巧说自己只有小学文化，又不会说普通话，没有安身立命的一技之长，大城市消费水平太高，去了也只能重操旧业，还是留在这里学点手艺吧。

像方巧这个年纪的女孩子，很少有没完成义务教育的，在我的印象里她的老家也并非极端落后，正常人家孩子不至于连小学都读不完就出门工作。

我问她原因，她犹豫再三，还是告诉了我原委。

方巧一岁那年，亲生父亲去世，母亲带着她改嫁给了现在的父亲。婚后，母亲又生了两个弟弟。

继父本就是个非常重男轻女的人，更何况方巧又不是自己亲生的，因此方巧从小就不受继父待见，动不动就被打得鼻青脸肿。

方巧家境贫寒，继父在济南的建筑工地当小工，母亲在老家的一家医院做清洁工，照顾两个弟弟的责任自然落到了年幼的方巧身上。到了上学的年纪，继父想让方巧留在家里继续照顾两个弟弟，一直拖着不让她去上学，后来，还是村镇两级政府来干预，继父差点儿为此进监狱，方巧才终于得以读上了书。

上小学一年级那年，方巧已经10岁，比同学们足足晚了三四年。那时，8岁的大弟已经读二年级，7岁的二弟也入学了，方巧和二弟同班，所以，方巧还要继续负责照顾他。

方巧上学的日子并没有持续多久。

读到四年级，二弟放学之后和同学一起玩耍时，失足掉进养鱼塘里淹死了。继父把小儿子的死全部归咎于方巧当时没有在场，没"看住"弟弟。等二弟的丧事办完之后，继父把方巧狠狠打了一顿，剥夺了她继续上学的"资格"。

"你后爸这样做是违法的，你们当地（政府）没再管吗？"我有些生气地问方巧。

"管了，后来我又去读了两年……"

在当地政府的再次干预下，方巧总算读完了小学，本该继续读初中，但就在她小学毕业那年，继父在工地干活时从脚手架上摔了下来，造成重伤，几经抢救，命算是保住了，但人却残废了，在家卧床需要人来照顾。母亲的工作成了家里唯一的收入来源。小学毕业的方巧无奈又一次辍学，回家专心照顾继父。

"实话说，也是我自己确实不想再上（学）了，我不是个读书的材料，年龄大，学习差，同学都笑话我。而且，只要一到学校我就想起二弟来，总觉得是我没看好他，害死了他……"

出于对死去的二弟的愧疚感，方巧对大弟疼爱有加。大弟也算争气，一直读书，考上了二本。收到录取通知书的时候，大弟看到家徒四壁和躺在床上的父亲，发愁学杂费无处张罗。方巧又主动承担起了供大弟上学的责任。

最初的一年，方巧卖过衣服，打过零工，去电子厂站过流水线，但无奈学历太低，收入太少，挣来的钱根本不够支付大弟在南京读书的开销，最后只好经人介绍，跑到我们这里做起了"小姐"。

知道了方巧过去的经历，我有些动容。不幸的家庭各有各的不幸，警察不是救世主，我也没法给她太多的帮助，只好劝她想开点，真要缺钱缺得厉害，可以从我这儿先拿一点去应急。

"你不怕我拿钱跑了啊？"听我说可以借钱给她应急，方巧不好意思地问我。

"敢借就不怕你跑，警察追债的手段可比一般人厉害多了。"我也笑着跟她开玩笑。

4

方巧从我这里拿走过 9000 块钱。

那是 2014 年 4 月,她说弟弟要交"实习费",自己手里的钱不够。我心里有些疑惑,大学生实习为什么还要倒交费?但毕竟自己承诺在先,也不好多问,便把钱转给了她。

方巧十万分感谢,一个劲说发了工资马上还我。她那时每月工资只有 2000 元多一点,我也没指望她很快还我,只好说不急。

之后的每个月,方巧都会转给我 1000 块钱,但到了那年 8 月,方巧居然一次性把剩余的 5000 块钱还给了我。我正奇怪方巧怎么突然有钱了,她却因卖淫又一次被邻市公安机关抓获。

因为涉及违法,方巧美甲店的工作自然也丢了。从拘留所出来,她躲了我很久,但最后还是被我堵到。我愤怒地质问她当时怎么跟我承诺的,为什么又去重操旧业。

"我需要钱……"方巧低头说。

"我不是一再跟你说,我的钱不急着还嘛!"

"不只是你的钱,我弟弟那边还需要一大笔钱……"

方巧说,大弟前段时间打来电话,说开学之后就读大四了,想准备考研究生,要报一个"包过"的培训班,需要一万块钱,加上新学期的学杂费,总共要两万多块钱。

方巧自己实在拿不出这么一大笔钱来,又不好意思再找我开口借,思来想去只好再去以身试法,想着"赚够了就收手"。

"警官,我怕给你惹麻烦,没在你的辖区里干,求你别撵我走……"

我有些忍无可忍,但愤怒的理由并不单纯是因为方巧又去"捞偏门"。

"你弟弟一年学费多少钱?"

"学费一万,住宿费……"

"胡扯!哪有收一万学费的二本学校?你弟在哪个学校上学?学什么专业?"

"南京××大学,××专业。"

方巧见我不信,连忙掏出手机,找到弟弟发来的催款短信给我看。

我拿过方巧的手机,她大弟近期确实发短信找她要"学费"。再往上翻,看到以前的通信记录,我不禁火冒三丈。

除了学费之外,方巧每月给大弟要转2000元的生活费。此外,还有名目繁多的各种费用:"书本费""杂费""培优费""实习费""考试费""建校费""入党费""通信费""服装费",等等。

这些在经历过大学生活的人看起来荒唐可笑的"费用",却成了大弟找方巧要钱的理由,其中那项4000元的"通信费",因为方巧晚给了三天,还被大弟一通埋怨。

我告诉方巧,大弟可能在骗她,高校压根儿没有这些收费项目。方巧脸上露出疑惑的表情,可依旧不太愿意相信大弟在欺骗自己。

5

2014年国庆节假期,我要去南京看望女友,想到方巧的大弟,便问她有没有什么东西需要我带给他。

方巧先是说有点东西请我帮忙带,但后来又说不用了。我猜她大概是怕我把她的事情告诉弟弟,便没再提。

结果临行前,方巧又找到我,犹疑了好一会儿,才说请我帮忙查探一下,看看她大弟到底在大学里做什么。

"什么意思?"我问方巧。

方巧说,大弟又来催款了,继上次的两万元之后,大弟又说学校要求"补交"以前的"实验费"5000块钱,可这次她实在拿不出钱来了。上次给大弟汇过去两万块钱之后,她也找别人问过,谁都没听说过学校有大弟说的那些收费项目,所以想请我顺路去大弟那里,看看到底是怎么回事。

来到南京,我找到方巧弟弟所在的学校,却没有见到她大弟本人。我自称是他的老家亲戚,问他的同学他人去哪儿了,同学说国庆节他带女朋友去厦门旅游了。又问同学他在学校的生活和学习情况,没想到那位同学不屑地回了我一句:"富二代嘛,家里有钱,在学校不都这一个屌样儿。"

我又提了一句学校收"实验费""通信费"的事情,几个学生都摇头说没听说过。我暗自摇头,心里暗骂方巧的大弟"不是东西"。

在南京待了五天,也没有等到方巧大弟从厦门回来,假期快结束了,我便回了湖北。回来不久,方巧来单位问我大弟那边是什么情况,我把情况一五一十地告诉了她。方巧咬着嘴唇没有说话,听完默默地离开了。

之后方巧消失了一段时间,房东几次上门收水电费都找不到人,电话也联系不上,便来派出所举报方巧"逃费",我让房东先从她的押金里扣水电费。

房东嘀咕几句走了,我连忙给方巧打电话,提示对方关机。我以为她悄悄搬走了,心里还埋怨她"不够意思",走之前也不来告个别。又转念一想,毕竟我和她非亲非故,人家好像也没有来跟我告别的义务。

一个多月以后,我竟然在医院遇到了方巧。她正在办出院手续,一副大病初愈的样子,我急忙上前问她怎么了,为啥病了也不说一声。

一问才知道,那段时间她并没有搬走,而是独自去南京她弟弟就读的学校。直到她到了南京,大弟仍在厦门旅游,方巧找到了他的辅导员老师,向老师询问弟弟在校的表现和三年来学校缴费的情况。

弟弟的所有谎言不攻自破,方巧跟跟跄跄地走出辅导员办公室,没有立刻离开,而是去学校后面的"堕落街"租了一间日租房等弟弟回来——她依然不肯彻底相信弟弟骗了自己。

又过了半个月,弟弟终于带着花枝招展的小女友从厦门回了学校，两万块钱"学杂费"花得一分不剩。见到愤怒的辅导员和在学校待了半个月的姐姐，他几乎惊掉了下巴。

在周围人鄙夷的目光下，方巧大弟花了三年时间构建起来的"富二代"形象轰然倒塌，刚刚花重金追到的新女友也毫不犹豫地和他吹了。大弟恼羞成怒，和方巧大吵一架，动手打了方巧。

方巧一路哭着坐上了离开南京的列车。

伤心至极的方巧刚回到住处，没想到家里的"问罪"电话竟然也随之而来——原来弟弟在她离开南京后，向父母狠狠告了方巧一状，说她因为不想给自己交学费，跑到他学校里大闹一场，弄得他没脸继续读书，要退学。

一听儿子要退学，父母不问青红皂白，把怒火全都撒到了方巧身上，指责她"自私""浑蛋"。方巧在电话里争辩了几句，继父开口就说她，"当年害死了一个弟弟，现在又想害另一个"。

方巧又冤又气，急火攻心大病了一场，住了半个月的医院。

"你电话咋还关机呢？"

"家里天天给我打电话，一边骂我一边让我去跟大弟赔礼道歉……"

我心里有些自责，觉得自己不该"多管闲事"，又怕方巧想不开。脑子里组织了很多语言，打算开导一下她。然而还没等我开口，方巧却抢先对我表示感谢，说如果不是我提醒，她还一直蒙在鼓里。

我反而不知说什么好。

6

2015年年初,看方巧一段时期以来行为良好,没有再去"捞偏门",我便把她从"临控"人员名单上撤了下来,平时主动和她接触的次数也相应减少了。

但方巧却时不时来找我,问我一些培训的事情。我有些奇怪,以为她大弟又来找她骗"培训费",方巧跟我说,是她自己想学点东西开个店,二十多岁了,"要为自己活着",不能一辈子给人打工。

她的观念转变令我十分欣慰。从警以来,抓过那么多"失足妇女",在派出所里个个都掏心挖肺地承诺以后绝对会改行,但一从拘留所里出去,基本都把自己说的话忘得一干二净。方巧这句"要为自己活着"却很有深意,她本性并不是一个好吃懒做的女孩子,若不是家庭的原因,她也不会去"捞偏门"赚钱。

我问方巧想学什么,她说高技术的东西她学不了,就学点动手能力强的吧,"美容美发美甲、裁缝、化妆、家政什么的都行"。

"那你回山东呗,你想学的这些专业蓝×技校都有。"

方巧却说她再也不想回去了,那个家已经把她伤透了,她在努力学说武汉话,决定以后就留在湖北了。"我想以后学好了,回来自己开一家店,做老板!"方巧笑着说,眼神中充满了向往。

我也替她高兴,还上网找了几家培训机构,反复考察了广告的真实性和教学实力之后，推荐给了方巧。她选了武汉的一家，又找我借钱凑够了学费，便兴高采烈地准备上学去了。

"那个，到了武汉……"我有些担心，想给她提个醒，毕竟她有过前科，但不知道该怎么表达才能不伤着她。

方巧立刻听出了我没说出口的下文，直白地告诉我，以后哪怕再难，她也绝不会去碰那个行当了。

"你弟那边的学费……"

"前段时间我妈打电话替他跟我求情，说他研究生没考上准备找工作，手里没钱，让我不计前嫌再资助他一下。我把工资卡里所有的钱都打给了他，但以后不会再出一分钱了。"

"那个家，以后再也和我没有任何关系。"方巧的语气很决绝。

我想劝她几句，但话到嘴边又咽了回去，这或许是最好的结局吧。

尾 声

方巧在武汉培训了半年，取得从业资格后，进入武汉一家有名的连锁美容美发机构工作。

参加工作之后不久，方巧给我发来了她的工装照和工作环境照片，说老板很赏识她，准备把她列入"储备店长"序列加以培养。我心里的一块石头落了地，高兴地夸她越来越漂亮了，好好干，以后争取做"女强人"。

方巧要把之前欠我的钱打给我,我说钱不急着还,你之后不是想回来开店嘛,开店也需要本钱,那点钱你先拿着吧,选地方的时候欢迎选在我的管区里,我负责"罩着"你。

电话那头,方巧犹豫了许久,说自己打算就此留在武汉发展,不再回来了。

"也好,武汉毕竟是大城市,发展空间不是我们这个地方能比的,好好赚钱。"虽然嘴上这么说,我心里却突然有些莫名的失落。

方巧听出了我的失落,沉默了一会儿,说:"我也是……想彻底忘掉以前的那些事,警官,之前……谢谢你!"

"放心,你在我这边的一页翻过去了,你不提、我不提,不会再有其他人知道,祝你今后一切顺利!"

插他两刀的兄弟

1

我刚到派出所不久时，就知道喜子这个人。

喜子一直跟舅舅生活，舅舅退休前在派出所工作，而喜子退伍后暂时没能找到合适的工作，也来派出所当过两年协警。后来，不知为何离开了派出所。

虽然离了职，但喜子依旧常来所里玩，平时在外面见了民警也是一口一个"大哥"。

与喜子对人的热络相反，所里民警似乎都不愿与他"深交"。有时和同事在路上遇到喜子，喜子热情地上来打招呼递烟，同事的反应却很冷淡，即便是有些常常吸烟的同事也会推说自己"刚刚灭了（烟）"。

起初看到同事们这样对待喜子，我心里多少有些凄凉，感叹喜子虽是个协警,但毕竟在所里干过两年,怎么人一走,茶凉得就这么快。

虽然当我分到派出所时喜子已经离职,但后来我们还是成了朋友。他比我小三岁,自来熟,经常趁我值班的时候来派出所找我,遇到有人在值班室扯皮,他还会插嘴说几句话。喜子从小在这一片长大,周围很多熟人,有时他三言两语的"公道话"还真能把人劝开。

看他做起调解来"轻车熟路"的样子,有时我还说他不在派出所干真可惜了。喜子听了,总是摇头笑笑,不多说什么。

喜子不干协警后,并没去找个固定工作,总是这里跑跑、那里混混。他是一个讲究义气的人,平时说话做事"江湖气"很重,身边倒也聚了一帮朋友、兄弟。

每每和同事聊天时谈到喜子当时从派出所离职的原因,感觉同事们对此事大都避讳不愿多讲。问多了同事就会有些不耐烦地说:"那个事儿你别再打听了,总之尽量和他拉开些距离就是了。"

直到后来,终于有位要好的民警悄悄告诉我,喜子当时离职,是因为"出事儿"了。

"出啥事儿了?"

"他犯了个蛮大的'忌讳'……"民警讳莫如深地说。

2

　　那是2011年春天，一天中午，邻市公安局禁毒支队民警突然到访，在同事们惊诧的目光下，带走了还在值班的协警喜子。临走时，所长命令喜子脱掉警用外套，去向邻市公安机关"把事情交代清楚"。

　　还未等同事们回过神来，本市公安局警务督察支队和纪委干部便出现在所里，对所有民警进行了约谈。

　　原来，喜子惹下了大祸。一周前，邻市公安局禁毒支队有一起"部督"毒品案件到了收网阶段，几个重要嫌疑人的行踪已被确定，其中一人是本市户籍，就在我们辖区居住，抓捕时需要我们派出所民警配合。

　　邻市公安机关通报了案情和嫌疑人的基本情况，所里也安排好专人做好配合抓捕的准备。然而，就在行动前夜，那名嫌疑人却突然失踪了。

　　邻市禁毒支队的民警费了九牛二虎之力，方才将差一点就逃出边境的嫌疑人从云南抓回。

　　经过审讯，嫌疑人交代称是自己的表弟提供了警方即将对自己采取行动的消息。民警随即又抓捕了嫌疑人表弟，审问他的"消息"从何而来，表弟便把喜子供了出来。

　　喜子作为协警，本没有获知抓捕行动细节的权力，办案民警又是几经查问，才知道是我们所里的一位民警，无意中把行动的事情透露给了喜子。

喜子和那名嫌疑人并无瓜葛,但却和嫌疑人的表弟是"好兄弟"。得知行动消息后,喜子本是好意提醒"好兄弟"规矩一点,风口浪尖上别跟他表哥在一起瞎混。"好兄弟"不明就里,非要问喜子原因,喜子想了又想,在得到对方"绝不泄密"的保证之后,把实情告诉了他。

没想到,嫌疑人的表弟可没有将喜子当作"好兄弟"。喜子前脚离开,他后脚想都没想就打电话通知了表哥,还特地跟表哥强调说:"是派出所上班的喜子漏出的消息,绝对错不了!"

真相大白之后,嫌疑人的表弟被判了刑,泄密的民警也被调离了公安机关,喜子虽然没有直接向嫌疑人通风报信,但行为也给案件的侦办带来了巨大损失,最终被所里开除。

那个被调离公安机关的民警,之前工作一直兢兢业业,本来前途光明,但因为这事儿脱了警服,所里很多民警都认为,是喜子害了他。何况"通风报信"是公安机关工作中的大忌,因此喜子走后,没人愿意再跟他打交道。

"所里的民警大多是他舅舅退休前的同事,他有事没事地来派出所晃悠,民警们看在他舅舅的分上,不好意思直接开口赶他走,但也都不想和他有什么瓜葛。"

"他在派出所工作了两年,起码应该有点政治觉悟,怎么会做这种事情?"

"人是个好人,讲义气,但脑子好像不怎么够用,加上交了一帮别有用心的朋友,把他给坑了。"

3

刚认识喜子时,他给我一种"无所不能"的感觉。

他经常说自己"兄弟多""路子广""遇到难事儿跟他说一声",而且确实说到做到,有时辖区组织一些群众性的互动活动,需要有人协调、帮忙,只要一个电话,喜子从不推脱。

2013年年底,我买房差两万块首付,急得焦头烂额。本没打算向喜子开口,但他不知怎么得到了消息,二话没说给我把钱打了过来。

我问他,你也没有工作,这钱是从哪儿来的?他说这是他的退伍安置费,让我先拿去用。我一时感动得不知说什么好。还钱的时候,我要付给喜子利息,他坚决不要。

喜子爱喝酒,说自己特别喜欢在酒桌上被众星捧月般的感觉,我也经常在夜间巡逻时遇到醉醺醺的他与一群人吆五喝六地走在大街上。喜欢喝,自然就喜欢"攒局",彼此相熟之后,他经常打电话约我去参加他组织的酒局。

"你是外地来的,在本地认识的人少,没事儿我给你多介绍介绍!"

我去过几次,发现喜子的酒局上各色人等俱全,而且基本酒过三巡,都会无一例外地拍着胸脯说:"喜子的事儿就是我的事儿,啥时候有用得着兄弟的说句话就行!"

酒席结束,见喜子还在兴头上,其他人便开始撺掇他:"去'好乐迪'唱歌吧,听说那儿新上了设备!"

"量贩式KTV有啥意思?还是去'钻石国际'呗,听说那儿新来了几个姑娘……"

喜子一挥手:"好!今晚去'钻石国际',我请客!"

但一转身,我却分明听到,有人刚出饭店,便躲到一旁打手机呼朋唤友:"快点儿过来,今晚那个'憨货'请客'HAPPY'……"

我把喜子拉到一边告诉他,喜子说我肯定听错了,他们都是"兄弟伙"的,不可能有人说出这样的话。

后来,我渐渐感觉自己很不适应这种聚会,便推说有事不再参与,也劝喜子注意交友的分寸。

"年纪轻轻多去学点东西,你才二十出头,出去上上学,整天在家瞎混什么!"

"我这怎么是瞎混?!人在社会上走靠什么?就是靠兄弟多、朋友多、够'江湖'!"喜子向我阐述着自己的"生存法则",对我的建议很是不屑一顾。

"兄弟都是平时处下的,我现在是没啥事儿,你看不出来,等我万一有事儿了,才能体现出这帮兄弟的'价值'来!"喜子总是憧憬着有朝一日他的这群"兄弟"可以为他"两肋插刀"。

"你当人家是兄弟,人家拿不拿你当兄弟呢?"我想起他当年被"好兄弟"坑得丢了工作,忍不住怼了他一句。

那件事对喜子的刺激很大,他明白我说的是什么意思,一时住了嘴,不再说下去。

一次,遇到喜子的舅舅,提起喜子,老人对我说:"这孩子真就是个憨货!"

"为啥?"

"你看不出来他那帮'兄弟'都是什么货色吗?"

喜子的舅舅说,以前聚在喜子身边的那帮人大多是辖区麻将馆、网吧的小老板,和一些靠"捞偏门"为生的人。那帮人跟喜子走得近,就是因为他当时在派出所当协警,多少知道点事情,指望他关键时刻能漏点消息出来,后来喜子离开了派出所,那帮人就不和他玩了。

现在聚在喜子身边的这帮人,则是看喜子手里还有点儿退伍费,哄着喜子带他们吃喝玩乐。

"你看着,等他把那点儿退伍费花完了,那帮人还跟不跟他玩!"

"叔你也别太悲观,喜子毕竟也是二十多岁的人了,不会那么不开窍。"

"唉,干咱们这行的,社会上的朋友,究竟有几个是真心实意的,也只有咱们自己知道,喜子这孩子从小就不会交朋友,你有空儿帮忙看着他吧。"

我点点头。喜子交朋友没原则，这一点，他舅舅和我一致认同。

"这孩子从小不会拒绝人，就这毛病迟早把他给害了！"老爷子叹气说。

4

2014年5月，我从外地学习归来，听同事们说喜子"又出事儿了"。

就在我出外学习的几天里，有人举报辖区一家网吧里偷偷摆了几台"老虎机"组织赌博。民警出警后查获了老虎机，并将网吧老板带回了派出所。审问老板老虎机是哪儿来的，他支支吾吾不肯说。审讯还没结束，喜子却突然来到派出所，找到带班副所长，说老虎机是自己的，跟网吧老板没有关系。

带班副所长自然抓了喜子，并准备沿着线索"深挖"。喜子暂时被判治安拘留十天，如果后期还有新的发现，再转刑拘。

我回来时，喜子还在执行期里。我感觉事情有些蹊跷，连忙开车去了拘留所，把喜子提出来问话。

"老虎机真是你的？"按照我对喜子的了解，他应该没有这方面的"门路"，我怀疑他是在替人"背锅"。

可是喜子坚定地点点头，一口咬定老虎机就是自己的。

"别跟这儿扯淡！你说是你的，那你告诉我，你从哪儿弄来的？难不成是你自己生产的？"

"哥，你别问了，这事儿我一个人扛了！"喜子被问急了，回了我一句，摆出一副不再搭理我的样子。

"这事儿你扛得了吗？！你别以为拘留十天就算了，你知道这事儿有多大吗？两台以上老虎机就是刑事案件，你这事儿真要坐实了，准备好坐牢吧！你档案上留下污点，将来你找工作、结婚、入党，甚至孩子的前途都会受到影响！"

喜子听我这么说，有些动摇，但又拗不过自己的"义气"，依旧坚持说老虎机是自己的。

我看说不动喜子，便开车去了网吧，将网吧老板从后院扯出来，瞪着他说："你但凡有点良心，就别让喜子给你扛这事儿。这些东西进出货都有固定渠道，我们顺线查下去肯定能找到主家。你最好现在告诉我，不然之后被我查到了，你的网吧就准备关门吧！"

网吧老板支吾了半天，最终还是担心网吧被封，对我说了实话：老虎机是网吧老板的一个远房亲戚买来，放在他网吧里"赚外快"的。我向所里做了汇报，所里组织民警很快将网吧老板的亲戚抓获归案。

我再次来到拘留所，提出喜子来把他痛骂一顿，问他为什么替人扛这事儿。喜子寻思了半天，说网吧老板被我们抓走后，老板娘就请他帮忙去派出所"求求情"，说那个弄老虎机的亲戚家中情况特殊，有老母亲卧病在床需要人照顾，一旦亲戚进了监狱，老母亲也完了。

那女人一个劲儿地称喜子"重义气""够江湖""一看就有做'大哥'的气质"，这下算是抓住了喜子的要害。喜子头脑一热，便跑到派出所，声称网吧里的老虎机是自己的。

"放他娘的屁，那家伙的娘死了快十年了！"我气得忍不住爆了粗口，"你脑袋让门夹了吗？别人只是让你去求情，你怎么还往自己身上扣起'屎盆子'来了？！"

喜子说，他觉得这是一个证明自己"朋友圈"能力的好机会——本以为之前在派出所工作过两年，外加看在自己舅舅是老民警的分上，所里的民警能多少会给他些面子，对他从轻甚至免除处罚——结果没承想"老同事"们当天晚上就把他送进了拘留所。

"你他娘的真是头猪，忘了你的工作是怎么丢的了！"我气得不知再说什么好。

5

老虎机事件之后，网吧老板一家不但没有感激喜子，反而认为是喜子出卖了自家亲戚，先是取消了喜子在网吧上网的优惠，然后又不断地在坊间传话，说喜子是派出所的"耳目""二五仔"。

一些"好兄弟"开始疏远喜子，还有人甚至扬言要"教训"

喜子。喜子请客"攒局",那些人也不来,他很苦恼,跑来派出所找我诉苦。

"以前都是'兄弟伙'的,他(网吧老板)做事怎么这么不'江湖'!"

"这下看到你这帮'兄弟'的真面目了吧?你还指望自己出了事儿他们帮你扛?醒醒吧,平时不坑你就阿弥陀佛了!"

可最终,没过多久,喜子还是被他的"兄弟"害了。

2015年年初,喜子在市里一家工厂找到了工作,包吃住,月薪3500元。我还没来得及替他高兴,就听说他被兄弟单位抓了。

喜子的舅舅急得像热锅上的蚂蚁,连忙叫上我一起去兄弟单位打听案情。一问,居然是"容留他人吸毒"。

讯问室里,喜子垂头丧气地坐在审讯椅上。我要过他的讯问笔录,想看看这次他是不是又在帮人"扛包"。

案情是这样的:喜子找到工作后不久,一个"好兄弟"找到他,请喜子喝了一顿酒,说想"借"厂子分配给他的宿舍用一下。喜子爽快地答应下来,还给"好兄弟"配了一把宿舍钥匙,但不承想,这个"好兄弟"来"借"他的宿舍,是为了吸麻果。

"我们在他屋里一共抓了三个,都不是第一次在那里吸麻果。这三个人早就上了公安局的'常控',只要在宾馆登记开房就会引发'常控'报警,民警就会去做'临检',所以他们为了躲避监控,就找到喜子那里。"兄弟单位的同事向我们解释。

"喜子知道那帮人在他屋里吸毒不?"我急忙问那位同事。

同事点点头，说喜子在宿舍里撞见过三人好几次吸毒，但不知是何原因，他既没有立即报警，也没有阻止他们。

进了审讯室，我把笔录摔在喜子面前，质问他是不是也跟着那三个人一起吸麻果，喜子连忙摇头，说自己当过协警，知道麻果的危害，不会跟他们一起吸。

"亏你还记得自己当过两年协警！既然自己不吸，为什么让别人在你屋里吸？！"喜子舅舅怒不可遏，抬手就要打喜子。我急忙拦下，讯问室里有监控，不能给兄弟单位惹麻烦。

"都是'兄弟伙'的，我说了他们几次，他们不走，我也不好意思硬赶他们走……"

"那你知不知道自己这是什么行为？知不知道后果？！"

喜子点点头。"我也担心给自己惹麻烦，所以平时都不怎么回宿舍住了，没想到最后还是被牵扯进来了……"

那天，喜子那三名吸毒的"好兄弟"就关在隔壁，我进去讯问他们为什么坑喜子。三个人辩解了半天，最后终于有个人说了一句心里话："那孩子脑子打铁，好说话……"

事已至此，一切都已无法挽回。

三名吸毒者不过因为吸食毒品被"治安拘留"，喜子却因为向他们提供场所，涉嫌"容留他人吸毒罪"被刑事拘留，最终被法院判入狱半年。

6

2015年8月,喜子出狱。

以前的工厂早已将他开除,那笔退伍费也早都被他用来"处兄弟"花光了。喜子找他之前"处下"的那帮兄弟,想借点钱开个小店,但"兄弟"们大多推说没钱,借来借去,只凑了不到一万块钱。

他的"兄弟们"依旧每日吃喝玩乐,只是不再招呼喜子参加。喜子有时无聊想找以前的"梗兄弟(好兄弟)"们"联络一下感情",然而,对方要么不接电话,要么推说自己在外地,谁也不愿见他。一次,喜子听说几个"梗兄弟"晚上摆酒,自己主动找了去,没想到当晚一帮人谁也不点菜,硬生生地在包厢里坐到酒店打烊。

半年的牢狱之灾和出狱后"兄弟们"的落井下石,让喜子伤心至极。他终于不再将自己那套"兄弟多""够江湖"的"生存法则"挂在嘴边,经常一边生气地喝着闷酒,一边骂那帮兄弟"不是东西"。

最终,喜子还是从舅舅那里拿了三万块钱,加上我借给他两万,总算把店开了起来。

看喜子开店,以前的"兄弟"们又接连有人来找他"出去耍"。喜子见到他们,二话不说就把人往街上推,买东西想赊账的也一概不允。这在以前是绝对不可能发生的。

"喜子你个王八蛋,现在当老板了!牛气起来了!赊条烟都不行,打算和我们这帮穷兄弟划清界限哩!"一次,路过他的店门口,听到一个以前的"梗兄弟"站在门口骂他。

"滚!"喜子的声音从屋里传来。

父母犯了罪，一切都完了

2015年1月，我所在的省内发生一起性质恶劣的系列电信诈骗案。

湖北仙桃籍主犯王某伙同多人冒充公检法部门人员，使用改号软件拨打受害人的电话，以"快递包裹藏毒""信用卡被冒用""企业账户被封"等借口，欺骗受害者将所有资产打入他们提供的所谓"安全账户"内，前后共诈骗受害人、受害单位人民币900余万元。

2015年4月，王某及其同伙先后被抓获归案。为了将省内培植此类案件的土壤彻底清除，省厅要求各办案单位对这起电信诈骗案进行深挖。

次月，我所在的公安局抽调了五名民警组成专班，在省厅技侦、网安等部门的配合下，对向电信诈骗团伙售卖公民个人信息的相关人员进行了抓捕。

1

5月8日中午,我与同事们进入位于武汉光谷附近的一栋高层住宅中。有情报显示,该栋22楼的一个单位内,盘踞着一个专门贩卖公民个人信息的团伙。

在社区民警和居委会工作人员的配合下,我们敲开了目标单位的房门,出乎意料的是,现场并未出现想象中整齐排列的计算机和惊慌失措的人群。房间里,一个三口之家出现在我们面前。

整洁的客厅,温馨的居室,正在准备午餐的男女主人,还有坐在沙发上抱着宠物看电视的女孩。

有那么一瞬间,我们几乎要质疑自己的情报产生了偏差。

面对一家三口的错愕,有同事甚至还劝慰他们:"先别紧张,我们只是来了解一下情况。"带队领导急忙联系技侦和网安部门,对方表示情报完全准确。

接下来的调查也证实了技侦和网安部门的说法,我们在男主人张超的电脑硬盘里找到了80GB的公民个人信息,又在书房的柜子里找到了三个移动硬盘,里面总共存储的公民个人信息总数高达2TB。

这些信息以Excel表格的形式保存,里面详细地记录着一个个陌生的姓名、身份证号、手机号码、银行账号、家庭住址、工作单位、车辆牌号、工商注册信息等内容。

登录张超的QQ号码,赫然看到多个转卖公民个人信息的

QQ 群，还有频繁的交易记录。

此外，大量银行"黑卡"（通过互联网购买的冒用他人姓名登记办理的银行卡）、记录有交易金额的笔记本、银行转账记录单等物品也被一一起获，面对这些证据，夫妇俩站在一旁一言不发。

随后，技术部门在张超的 QQ 上找到了他与诈骗团伙的交易记录，又从附近银行的 ATM 机的摄像头中截取了妻子存取相关款项的视频记录。

一切都已水落石出，我们需要将张超夫妇带回办案场所进行讯问。

临走之前，按照程序，我们还需要对张超夫妇做一份现场笔录。面对民警的询问，夫妻二人似乎还没意识到问题的严重性，妻子多次小声地询问民警："能不能少罚点款算了。"

"你不知道自己这事儿有多大？"同事抬头看着张超的妻子。

"嗨，能有多大？不就是些姓名、电话啥的，又不是什么国家机密，你看你们兴师动众的……再说这些东西我们也是从别处买来的，没赚多少钱……"

"你账上有记录的就有四五万，你觉得多少是多？"

张超妻子一时哑口无言。

2

我们进屋时，张超夫妇的女儿张晓颖正在看电视。张晓颖 20

岁出头,脸上带着学生气。

张超一开始就说,女儿还在读大学,平时一直住校,对于他们夫妻做的事情并不知情,希望我们能够照顾孩子的情绪,让她回避。

做父母的谁都不想在孩子面前现这个眼,我们也理解,便简单和张晓颖谈了几句,安排她回房间暂行回避。

我和同事们在屋外忙着采集笔录、取证、拍照、拷贝资料、拆卸电脑设备时,隐隐听到张晓颖的房间里传来哭声。正在做现场笔录的张超夫妇也停了下来,带着担忧的神情望着女儿的卧室。

带队领导担心张晓颖一个人在屋里出什么事,便朝我扬了扬下巴,示意我进屋里看看。

走进张晓颖卧室,她正伏在床上抱着被子哭泣。看到她这副样子,我一时不知该说什么,只好尴尬地坐在她书桌旁的转椅上,有一句没一句地劝她"放平心态"。

张晓颖对我说的话没有任何反应,依旧趴在床上低声啜泣着。其实我心里也明白,面对找上门来的民警、兴师动众的搜查以及前路未卜的父母,换成是谁也很难"放平心态"。

虽然带队领导没有直说,但我明白,自己此时的任务其实只是"看好"张晓颖,万一她想不开,闹出点事情,我们谁也负不起这个责任。

我竭尽所能地劝说着张晓颖,几乎把自己所知道的、能够宽慰人心的语句都搜刮了个干净,但始终得不到回应。我说得口舌发干，却没有效果，只好闭上嘴巴，静静地坐在那里。

门外做笔录的对话声一直在持续，又过了好一会儿，我实在无聊便掏出手机，打算解解闷。张晓颖却突然停止哭泣，从床上坐了起来，眼睛盯着我，好像有什么话要说。

我急忙收起手机，也看着张晓颖。

张晓颖思考了一会儿，终于开口说话了，语气怯生生的，问我她爸妈这次的事情会有怎样的后果。

我就怕她问这种问题。

因为此时，我既无法给她确切的答案，也不忍心将心中预判的结果告诉她，只好模棱两可地说了句："这个现在还不好说，得看你爸妈的配合情况，具体结果也得依照检察院和法院那边的意思。"

"我爸妈不是坏人，求你们放过他们吧……"张晓颖的脸上露出乞求的神色。

我下意识地苦笑一下，表示自己现在也无能为力。

我理解此时此刻张晓颖的心态，但父母的大祸已经闯下，法理难容，真不是我们肯不肯放过的问题。

沉默了一会儿，我试着换个话题和她聊几句。张晓颖时年22岁，在武汉某高校读大四，即将毕业，有一个谈了很久的男朋友，希望毕业后能找一份稳定的工作，然后结婚。

我与她聊了聊有关学校生活和学习的事情，希望能暂时转移一下她的注意力，但她心中终究有所牵挂，两人的对话时断时续。

谈话中，张晓颖不止一次提到，父母不过是从网上"收集"点资料换钱，没杀人放火，不会有多大的事情。

不知是她真的不懂法律，还是故意安慰或是欺骗自己，我只好向她简要讲解了一下"倒卖公民个人信息罪"的相关司法解释和认定标准，并希望她对父母的事情提前有个心理准备。虽然张晓颖还是一名在校学生，但毕竟已经成年了。

张晓颖显然一时难以接受我的劝慰，但也没有什么过激反应，只是坐在床上抹泪。

大约过了半个小时，客厅里的同事通知我现场笔录已经完成，准备收拾东西走人。我起身向张晓颖告辞，走到门口，想起了什么，回头对张晓颖说："目前事实就是这样了，你是个大人了，有些事情需要撑起来了。"

张晓颖不明白我说的什么意思，无助地看着我。

"方便的话通知你本地的亲戚，过来帮忙处理一下爸妈的事情，后期你爸妈办各类法律手续、聘请律师之类的事情，还需要你们来做。"

张晓颖迷茫地点点头。

初步工作完成，众人准备离开，张晓颖也走出门外，张超夫妻需要向她交代一些事情。

现场看似风平浪静，但其实我内心非常紧张。带离嫌疑人是整个办案过程中最容易出事的环节，尤其此次带离是在他们家中，还当着女儿的面。

同事们经验丰富，两名民警看似无意地隔在张晓颖和张超夫妻之间，而后微微朝我点点头。我感觉没什么问题，便和同事各自掏出手铐，迅速上铐并将张超夫妻二人往门口带。

"妈妈——"张晓颖突然朝我们声嘶力竭地喊了一声。我吓了一跳，屋里的同事急忙示意我赶紧把人带走，剩下的事情交给他们处理。

回公安局的路上，同事把车开得飞快。我从副驾驶上回头，看看张超夫妇，他们面无表情，各自望向窗外，不知在思考什么。

3

5月9日凌晨，上级要求连夜突击审讯张超夫妇。好在两人都没有犯罪前科，刑警大队讯问室里，张超和妻子没怎么抵赖，便一五一十地向我们供述了自己参与倒卖公民个人信息的经过。

两人原本都是武汉某国企的职工，19年前双双下岗后，张超以开出租车为生，妻子则在亲戚开办的超市里打工。

虽然日子过得清苦，但一家人齐心协力，自是其乐融融。张超开出租车早出晚归，家里的一应事务交给妻子打理。

张超妻子是典型的武汉主妇，精打细算、善于持家，虽然收入有限，但在她的筹划下，不仅家庭生活井井有条，还赶在光谷房价飙升之前置办了一套舒适宽敞的商品房。

在旁人眼里，张超妻子是个"蛮精明""路子野"的女人，超市打工之余，她开过淘宝店、做过微商、炒过股票、做过家政、摆过夜市，只要能赚钱的事情都做过。

张超妻子说，她竭尽所能地搜索和尝试任何可能赚钱的门路，一来为了偿还房贷，二来也是为了给家里改善生活。

"女儿大学读的是三本，学费、生活费林林总总加起来，每年接近三万块，经济压力大得很。"张超妻子抱怨。

2014年年底，一个偶然的机会，她从朋友口中获得一条"赚钱门路"，朋友介绍她加入了一个名为"信息服务"的QQ群，花1000元购买了一个文件包，又在另一个QQ群里以1500元的价格卖了出去，转手赚到了500元钱。

整个交易过程仅用了半个小时，张超妻子看着账户里多出的500元余额，心中激动不已，感觉自己找到了一条发财的捷径。

此后，张超妻子便开始沉迷于这一"捷径"，开始只是作为超市打工之余的"兼职"，后来感觉"兼职"有时一天所赚的钱要比在超市辛苦一个月的收入还高，便索性辞去了工作，在家成了一名专职的信息售卖商——信息的获取与处理，也不再仅限于QQ群里的买卖了。

张超起初对妻子辞去超市工作专心做"信息服务"感到不解，但看到妻子支付宝账户里不断上升的余额后，也被这条"财路"吸引，主动加入了进来。

有了张超的协助，妻子开始将"业务范围"由线上发展到线下。在"同行"的指点下，张超夫妇陆续从各种渠道购买了一些没有实名认证的手机卡和银行"黑卡";除了直接购买QQ群里那些已经被整理完成的"二手"公民个人信息外,张超夫妇还通过各种途径,联系上了房地产商、汽车4S店、电信营业厅、旅行社、金融服务企业等单位的个别工作人员,从他们手中购买客户的各种个人信息,自行整理后挂在QQ群和一些非法论坛上销售。

由于夫妻二人所掌握的公民个人信息具有"一手""质量高""内容全""新鲜"等优点,在QQ群和论坛里的销售量一直名列前茅。有些购买者出于各种目的,有时甚至点名要求出高价购买张超夫妻整理的信息。

几个月的时间,夫妻二人卖出的公民个人信息就达到上百万条,看着账户里不断上涨的存款数字,夫妻俩心里简直乐开了花。

"你们自始至终就没意识到自己是在犯罪吗?"我一边打字记录,一边抬头问张超妻子。

她摇摇头,说自己开始确实有些顾虑,但后来听群里的"同行"说这些东西不涉及国家机密,都是一些日常生活中可以获得的信息,顶多算是"灰色产业",完全谈不上违法,自己也就打消了顾虑。

4

不到半年的时间,张超夫妇买卖公民个人信息的流水就超过20万元,从中获利6.7万元。

至于这 6.7 万元赃款的去向，张超妻子说，这笔钱他们一直存着，没舍得花。

"女儿马上大学毕业，男朋友也谈了两三年，双方父母都见过，孩子说他们两个人准备考上公务员后就结婚，对方家庭条件不错，已经在汉口买了新房，我们也想给孩子攒钱买辆小轿车。"

"唉，都是讨生活，别的赚钱门路我们两口子也找不到，不都是为了孩子嘛，怕她以后在婆家没面子……"

我摆摆手示意她不要继续说了，同时心中暗自叹息，现在已然东窗事发，买轿车给女儿挣面子是别想了，也许他们更该关注自己的行为将会给孩子未来带来什么样的影响。

"警官，我们两口子不懂法，平时从没做过违法犯罪的事儿，这次也真的没安害人的心。你看我们又不是杀人放火啥的，如果把钱退了，能不能放我们一马？罚多少钱我们都认！"另一间询问室里，张超不断忏悔，也不断恳求警方能不能"下不为例"。

"罚钱？你还觉得你们这事儿就是交点罚款这么简单？"

张超也许不知道，在夫妻二人通过售卖公民个人信息获利 6.7 万元背后，是十几个同他们一样的家庭被骗去了数以百万计的财产，有的家庭因此破碎，有的受害者因此精神失常，甚至服毒自杀。

我和同事曾在武汉某医院见到一名受害者的老伴，他的妻子被这个诈骗团伙骗去了一生积攒的 58 万元巨款，得知受骗后当场心脏病发作离世，他也因悲痛过度住进了医院。而侦查结果显示,他老伴的个人信息,就是通过张超妻子收集并售卖出去的。

"这次的事情你们是过不去了,如果真是心存悔意,就把交易的上下线一五一十交代出来,争取个宽大处理吧。"同事冷冷地说着,把一本厚厚的受害人笔录甩到张超面前。

"看看吧,别觉得委屈,上面全是被你卖出信息的受害者情况!"

张超怔怔地看着自己面前的笔录副本,先是露出难以置信的神情,而后绝望地将头抵在了卷宗上。

当晚,夫妇二人如实交代了全部的犯罪事实,并提供了大量与其一同从事公民个人信息搜集和销售的人员情况。根据夫妻二人的供述,公安机关继续出击,将整个通过倒卖公民个人信息获利的地下链条连根拔起。

2015年7月,经法院审判,张超夫妇虽有立功表现得到了从轻处理,但依旧因涉嫌倒卖公民个人信息罪被分别判处有期徒刑三年和五年。

这件案子就这么了结了。

5

2015年年底,我再次遇到半年前配合我们敲开张超家门的那位社区民警时,他忽然告诉我,张晓颖死了,跳楼自杀,在2015年8月的一个深夜。

"跳楼死了？为什么？"我眼前浮现出张晓颖的容貌，还有押解张超夫妇出门前的那一声绝望的"妈妈"。

社区民警说，张晓颖今年参加了省公务员考试，已经通过了笔试和面试，成绩很不错。但在入职前的政治审查过程中，因父母涉嫌刑事犯罪已经被公安机关羁押，张晓颖未能通过主要家庭成员的政治审查，被录用单位取消资格。

男朋友顺利考入理想单位，男友爸妈却担心此次家庭变故以及张晓颖父母的罪犯身份，会给儿子未来事业发展带来潜在危害，便强令儿子与张晓颖"划清界限"。

男朋友考虑再三，最终听从了父母的建议，向张晓颖提出了分手。

面对家庭、工作和感情的三重变故，张晓颖一时没能找到出口，便在深夜拉开家中阳台的窗户，纵身一跃，结束了自己年轻的生命。

"你们抓走她爸妈的时候，孩子其实已经意识到自己考公务员这事儿基本上没谱了，只是心里还有点侥幸，觉得父母的事情不大，应该过不多久就能被放出来，结果……"

"你们是怎么知道的？"

"后来所里找到了张晓颖的前男友，他是这样说的。"

专案已经结束，张晓颖的父母也早已被收监服刑。我无法获知夫妻二人听到女儿死讯后有着怎样的反应，也不敢去想象张超夫妇出狱后该如何面对残酷破碎的现实。

"这孩子也真是够惨,事情都赶在了一块儿。"社区民警的表情中既有惋惜,也有无奈。

"那家人也真是……"我忍不住想挖苦张晓颖的前男友一家几句。

"唉,啥也别说了,这种事儿放咱谁身上也难说会怎么做……"社区民警打断了我的话。

尾 声

后来,每当同事提起2015年的电信诈骗专案,我都会想起张晓颖。

心中情绪复杂,难过?惋惜?甚至有时会感到莫名的内疚,但转念一想,又不知自己的内疚从何而来。

更不知她从22楼跳下的那几秒钟里,内心经历了怎样的痛苦与挣扎。

"你说,那孩子跳楼之前,最想不开的是什么?"我问同事。

同事也摇摇头。

为了利益，断了兄弟手足

2016年8月，以尚材为首的涉黑团伙案开庭审理。

主犯尚材因身患疾病，被抓获后一直在武汉安康医院监视居住。8月12日，开庭时间临近，尚材由安康医院转至我市中医院等待上庭，局里指派我与另一名同事进入病房看管。

我对尚材这个名字早有耳闻，他在坊间有两个截然不同的名号，一个是"著名乡镇企业家，资产过亿的地产商人"，而另一个则是"手下百号马仔、为害一方的黑恶势力老大"。

当我见到尚材本人时，眼前的他不过是一个患有严重糖尿病和高血压的47岁谢顶、矮胖男人。他倚靠在特护病房的床上，穿着医院统一发放的竖条纹病号服，与护士交谈着，言语中满是客气，甚至可以说是谦恭。

乍一看去，尚材给人的第一印象是电脑城批发配件的小老板，早市卖热干面的憨厚大叔，大街上的中年出租车司机。如果不是与床架铐在一起的手腕和身旁坐着的警察，没人会把他与威震一方的"黑老大"联系起来。

此次出庭的27名被告中，22人是尚材的亲属，既有兄弟辈，也有子侄辈。一起专案抓了一帮亲戚，这种情况我还是第一次遇到。加上病房里看管疑犯的日子着实单调无聊，我便与尚材聊起了他的往事。

1

"我以前还真卖过热干面！"尚材笑笑。他是孤儿，父母去世早，在同村亲戚的接济下长大。17岁那年，尚材高中毕业没考上大学，便随叔叔来到汉口卖早餐，一干就是五年。

堂弟尚武小他一岁，上完初中不愿再读，也一同在早餐店里帮忙。

我认得尚武，涉黑团伙的另一主犯，服刑人员，尚材当年的左右手，现在的主要检举者，按港台那边的说法，他应该被叫作"污点证人"。

1994年年底，叔叔的店面搬迁，尚材不愿继续奔波，便回了老家尚家村，靠着跟叔叔学到的做饭手艺，在村口开了一家小饭店，算是个挣口饭吃的营生。

尚材赶上了好年景，当时尚家村被市里划入新区建设范围，大批工程项目开工，小饭店开得红红火火。到1996年，他不仅还清了开店时借下的外债，还攒了几万块钱。尚材用这笔钱娶了媳妇、盖了新房，成为村里人的羡慕对象。

堂弟尚武也回到老家，跟着尚材一起开店。弟弟的加入让尚材很高兴。多了一个得力的助手，尚材决定把店面扩大一些。

1998年，省道改线路过尚家村，村子周围越来越热闹，尚材的小餐馆也逐渐升级成为吃饭、住宿、停车一条龙的中型酒店，还雇了不少厨师和服务员。

尚材说，那时他的目标是赚钱买两台车，一台轿车私用，另外再买一辆货车，雇个司机跑运输。因为来他们店里吃饭的除了工地上的人之外，还有很多来往的货车司机，尚材从他们的身上看到了新的商机。

2

"那你后来为什么没有去跑运输，而是去搞土石方了呢？"我问尚材。

尚材想了想说，事情得从2000年3月说起。

一天，尚材接到一位同族长辈的通知，让他晚上来家里坐坐。尚材去了之后，发现长辈家里坐满了人，基本都是自家亲戚。

尚材有些蒙。晚饭时，那位长辈揭开了谜底——他们希望尚材出面牵头，带着大伙去工地"搞点事做"。

"说白了，就是去工地'摇肥'（敲诈）。"尚材跟我解释。

那时村民们去周围建筑工地"搞点事做",是一种颇为普遍的现象。被开发商征用耕地后,村民们虽得到一笔补偿款,但由于没有其他生计,除了小部分人外出打工,大多数人只能在家坐吃山空。

按尚材的说法,去工地"搞事做"也算是无奈之举,搞来的"事"也各式各样。有的村子组织了几个施工队去工地打工,有的村子则分包了一些技术含量较低的工程。但无论哪种形式,都不是工地一方可以拒绝的。如果拒绝,轻则被村民频繁骚扰,重则被堵门封路。甚至有的村子什么都不做,只是凭借地理位置优势,向来往的施工车辆收取"过路费"。

当时,周围几个村子已经有人走在了前面。亲戚们说,邻村的混子陈山之前带着一帮人拿下了几个工地的土石方工程,赚得钵满盆满。"既然陈山能干,我们为什么不能干?"

"当时为什么让你去牵头?"我问尚材。

他笑笑,有些无奈,有些自嘲,甚至还有一丝恼怒。"用他们的话说是我这个人年轻有魄力,开店也见过世面,但我心里清楚这事我干大伙儿没顾忌……"

亲戚们算得很清楚,尚材是孤儿,从小吃百家饭长大,媳妇还是外地的。这事儿干成了大家一起受益,真要是干砸了惹出什么祸端,尚材无父无母,大不了凑笔钱,让他带着老婆远走高飞。

尚材说他一开始也不想答应,自己的饭店效益不差,收入完全可以让一家人过得逍遥自在。但一族亲戚大多没什么赚钱门路，都将希望寄托在自己身上。自己从小到大一直靠亲戚们接济，现在有事找到自己，没有拒绝的道理。

当然，尚材自己也承认，混子陈山那两年的发迹也的确令自己眼红。陈山家原本是邻村的破落户，穷得叮当响，但这几年，就靠着土石方工程，不但摘掉了破落户的帽子，还开上了小轿车。

都是"靠山吃山"，凭什么全被他吃了？

尚材把这事应了下来。

陈山的做法很直接，就是在村里找一帮人，年轻的跟他去工地上谈判，要求承包工地的土石方工程；如果谈不成，年纪大的就带好板凳马扎，直接去工地门口堵门——你不让我做，那谁也别想进来做。

工地报警也不好使，警察前脚把人赶走，陈山后脚再换一批人过去。村里不缺闲散劳动力，反正在家也是闲着，跟陈山去工地每次还有50块钱拿。

施工方被搞得没有办法，又不敢得罪本地村民，只得就范。陈山虽然自己没有资质做土石方工程，但可以包给外面有资质的公司做，转手就是一笔钱入账。

尚材摸清了陈山的路子，便开始学陈山的套路。尚材也有这个底气，一来尚家村也是大村，尚姓又是村里第一大姓，村民追溯一下家谱，多少都能攀上点亲戚关系。

更重要的是，尚家村周围的工地远比陈山他们村多。

3

尚材的加入自然引起了陈山的不满,两个"牵头人"之间的矛盾很快上升为两个家族乃至村庄间的冲突。陈山试图与尚材谈判,但眼前的利益谁也不愿让步。谈判桌上,两人不欢而散,谈判桌下,两村村民也针锋相对起来,先是见了面相互叫骂,而后发展到棍棒相加。

"抢工程最厉害的时候,两村都是每家出一个人,去国道上守着,只要看见对方村里拉土石方的车辆,马上赶走,如果赶不走,拦下车来就把司机暴打一顿!"

我见过此案的卷宗,有至少三十几名证人证实过尚材的说法。

"黑社会封路?当地(政府)不管?"我问尚材。

"也管过,但没多大作用。村委会面上制止,但钱就放在眼前,你让哪个不去拿?"

除此以外,两村人之间也达成了一定的默契,比如报警——无论发生怎样的后果,两村人都不会通知警方处理。"为了抢工程,轻伤、重伤甚至死了都有价钱,照价赔就是,谁要是通知了警察,就是断了全村的财路,那同村不找他玩命才怪。"尚材说。

"死过人吗?"我试探尚材。

他明显看出了我的意图,哂笑了一下,摇摇头。但顿了顿,又改口说死过一个,但和抢工程没关系。

他说的就是陈山。

陈山死于 2003 年，那年 8 月，他的轿车与一辆工地施工卡车相撞，脖子被拧成了麻花。当地交管部门判定是一起普通的车祸，但陈山的家人不服，坚决认为是尚材一伙害死了陈山，至今都没有停止上访，因为肇事者正是尚材的一位同村亲戚。

"陈山的车祸是你们谋划的吗？"

"我说不是，可你们信吗？"尚材反问我。

我也笑笑，不好作答。

陈山死后，尚材最大的竞争对手消失了。陈山的同伙虽然陆续推举出了几个牵头人，但都没有陈山的能力，很快就被尚材打压了下去。

2005 年开始，尚材的"事业"进入鼎盛时期。他以尚家村为根据地注册了公司，不但垄断了周围大小工地的土石方工程，还将触角伸向其他领域。

之后的四年，尚材风光无限，到了 2009 年，他的公司至少从表面看来已经走上正轨，招聘了过百名员工，土石方工程已经成为副业，主业是搞地产开发。

公司每年净收入上千万，尚材成为名副其实的"商场新贵"。每次出门，身边都会跟着两台车十几号人，很是气派。从乡镇到区县一级政府都很给他面子，更不用说在尚家村，尚材说话比村干部好使得多。

回忆起这些，尚材的脸上难掩骄傲的神色。

4

"说说你和尚武的事情吧,你们是怎么闹到今天这个地步的?"我问尚材。

尚材沉默许久,方才叹了口气说,自己当初如果不和堂弟共事,也许两人就不会走到今天这个地步。

按照尚材的说法,堂弟尚武的优缺点都很明显,优点是脑袋比一般人聪明,胆子也大,做事雷厉风行;而缺点是做事情没有底线,完全不讲规则。

"我和尚武不是一路人,我本质上是一个生意人,一切向钱看,当年对付陈山一伙也是为了'抢市场'赚钱。但尚武不一样,他很江湖,甚至可以说是个亡命徒。"

尚材与尚武的分歧产生于2007年,起因是一笔巨额赌债。

那年3月,尚材派堂弟前往广东谈生意,那是他拓展省外市场的第一步棋。为了讨合作伙伴欢心,尚材特意交代,让尚武请他们过关去香港和澳门游玩一趟。但没想到尚武在澳门耐不住诱惑,本来是"陪同旅行",结果自己却赌性大发,不仅一口气输掉了600多万元,还吓跑了合作伙伴。

尚武此举给了尚材当头一击,两人大吵一架,差点儿因此决裂。

尚材生气堂弟嗜赌成性,毁了自己的规划,要找尚武算账;尚武则认为堂哥的事业是自己一手支持起来的,自己也是公司中的二老板,为公司赚了不少钱,做事理应百无禁忌。

尚武甚至在公开场合把话甩在了尚材脸上："想想你当年开小店和斗陈山的时候，要是没有我尚武的帮衬，哪有你的今天？现在你尚材飞黄腾达，竟然为了区区几百万和我过不去，简直是狼心狗肺。"

尚材一怒之下，要把堂弟逐出公司。虽然此事在亲戚的劝说下最终不了了之，但还是在兄弟二人间划开了一道难以愈合的伤口。

"其实我当时搞尚武，也不单单是因为他赌掉了几百万，还有另外一个重要因素……"

尚材解释，公司算是一家典型的家族企业，绝大多数部门的领导都是自家亲戚。公司初创时，大家可以凡事拧成一股绳，但随着公司的发展，这种模式的弊端开始逐渐显现出来。比如，内部管理混乱，各项规章形同虚设，奖惩制度根本无法推行，等等。

尚材处置尚武，本想借机给公司中的亲戚们敲一下警钟，但不知尚武是不是不理解他的用意，在这件事情上始终与他针锋相对。

尚材也明白，如果尚武这次的事情就这么过去了，以后身旁的亲戚做起事来会更加肆无忌惮。但是他又下不了"大义灭亲"的决心，加上亲戚们的掺和，尚武这事最终就这样不了了之。

后来，尚材悔青了肠子，他说那次自己放过了堂弟，也就等于错过了让公司走上正轨的机会。

5

尚材一直说，自己想做一名正当商人，但直到2014年被抓，他在别人眼里还是一个"黑老大"。一方面，坊间早就把他早年带着村民抢工程的"事迹"传得神乎其神；另一方面，因为他本人经常游走于合法与违法的边缘。

"既然你想洗白，为什么还要一个劲儿参与之后的事情？"我问他。

尚材苦笑一下，说有句话叫"人在亲友圈，身不由己"。

2009年，尚武又惹出了祸事。上次赌博事件后，尚材虽然继续给尚武发工资，但基本剥夺了他的其他权力。尚武自感无聊，便四处寻觅别的赚钱机会。

赌掉的600万元刺激了尚武的神经，他感觉开地下赌场肯定是一个赚钱的行当。尚武找到尚材，希望堂哥能够给他一部分"启动资金"。

尚材当然不同意。原因很简单，他清楚自己的"底子"本就不那么干净，现在正努力洗白，这当口绝对不能再掺和这种事情。

但尚武的地下赌场还是开了起来，因为他的计划得到了很多亲戚的赞同。尚武承诺，自己会分些赌场的股份给亲戚们，让亲戚们一起上阵去给尚材做工作。尚材经不住亲戚们的劝说，默许了。

尚武从公司账上拿走了60万元，但在尚材的要求下打了借条，上面写明这笔钱是用来做一些合法买卖，尚材希望通过这种方式使自己免责。

但现在看来，他的愿望应该是落空了，因为在检察院最终起诉尚材的罪状里，还是有一条"开设赌场罪"。

"谁都知道尚武是我最亲近的人，有些事他们说到底还是会算到我头上。而且尚武做事也一直打着我的旗号，不然他根本做不下去……"

果不其然，2009年6月，地下赌场出事了。一名同在"道上"混的赌客在桌面上耍诈，被尚武指挥的"保安"打成重伤。对方团伙扬言要废了尚武，尚武看事情闹大，找尚材救命，尚材不得以出面协调。

尚材想拿出一笔钱了结此事，但对方却说要命不要钱。尚材以为对方嫌少，又追加一笔，但对方依旧要废掉尚武，并几次付诸实施，甚至连尚材自己的生活也遭到骚扰。尚武认为，堂哥完全可以利用自己在"道上"的名声和实力与对方硬碰一场，让他们知道尚家人的厉害。尚材却劝说尚武投案自首，让警察来保护他的安全。

尚武明白那意味着什么，坚决不同意。尚材的叔叔也老泪纵横地跪在尚材面前，说自己就这么一个儿子养老送终，这次要是进去了，估计自己是看不到尚武出狱了。

同村亲戚又一次聚集起来充当尚武的说客，因为他们都在赌场里有股份，一旦尚武东窗事发，他们谁也跑不掉。

6

关于后来尚武究竟如何进的监狱流传着各种说法,但他的亲戚们却口径一致,都说是尚材举报了堂弟。我问尚材真实情况,尚材不愿多说。

整个赌场被连根拔起,尚武也被抓获归案。他确实获得了保护——对方团伙的陈年旧事被牵扯出来,遭到毁灭性打击,但尚武自己也因开设赌场罪和故意伤害罪被判了刑。

除此之外,由于入股地下赌场,亲戚们也难逃一劫,多人被判有期徒刑。他们开始憎恨尚材,说尚材忘了自己小时候得到大伙儿多少接济,走到今天这步,大伙儿出了多少力,现在他却为了自保把亲戚都卖了,真是狼心狗肺、猪狗不如。

讲到这里,尚材满脸都是痛苦和愤懑,他指责这帮亲戚只记得当初帮过自己,却不记得自己这些年来已经给了他们多少分红和回报。

"我的姑妈一家,在汉口有200多平方米的房子,开着40多万的车子,但一家人都没工作,这钱哪儿来的?"

"老姨一家全在我公司上班,在村里有洋楼,在市里有复式(房),我表妹在英国留学,这些钱又是哪儿来的?"

"侄子尚××在外面酒后惹事把人打成重伤,法院判他赔人家50多万,这钱谁给他出的?"

尚材说自己这叫"斗米养恩担米养仇",十次如意换来的感情,一次不如意就全部烟消云散。

"既然这样,你没想过彻底与亲戚们划清界限吗?"我问尚材。

"想过,也确实这么做了……"尚材点点头,然后又说,大家最后也是因此闹翻,自己才落到了现在这个地步。

2011年9月,尚材的一个决定越过了亲戚们的最后底线。

尚材说,那时他的房地产公司已经具备了一定规模,效益和发展前景可期。但同时,他也对公司中自己亲戚们的行为忍耐到了极点。

"公司里的规章制度管不了这帮亲戚,做事时谁都不愿出力,分钱时谁都不愿少拿,出了问题谁也不能动,账目也是一塌糊涂。甚至有些过分的亲戚,竟然私自以公司的名义在外面搞事情,还搞得理直气壮!"

经过反复思考,尚材终于下定决心搞一次彻底改革。他虽然不能完全明白什么是"职业经理人""股权改革",但目的却也差不多——把一批"只会惹事不会做事"的亲戚从公司的实际管理层赶出去。

此举立即遭到了公司内部大多数亲戚的反对,近十年来他们过着衣来伸手饭来张口的日子,白天在公司里混日子,晚上躺在床上算分红。尤其是堂弟尚武,人虽在牢里蹲着,但每年账上还能收到数额可观的"年薪"。

他们一直把尚材的公司当作大家的"集体饭碗",尚材只不过是他们的"牵头人"。他们联合起来否决了尚材一套又一套的

"改革计划书",并提出了自己的要求:要么保持原状,要么公司解散大家分钱。

当然,尚材身边也有几个得力的亲戚,他们站在尚材这边,赞同进行公司结构改革。但这些人很快也成为其他亲戚的攻击对象,一时间公司内分作两派,日常运转几乎完全停滞。

这一次,尚材没有满足同村亲戚的要求,无论劝告、哀求、吵闹、谩骂甚至威胁,都没有改变他的决心。

2012年春节后,改革全面展开。

7

2014年7月,一封举报信彻底改变了尚材和公司的命运。其实在那之前,省市两级多个执法部门已经陆续接到不少有关尚材的匿名和实名举报。

真正引起公安机关关注的,是这封举报信的内容和作者。这封信来自某监狱,举报者是仍在服刑的尚武。

信中尚武说了三件事。第一是尚材早年依靠"黑社会"起家,指挥实施了多起伤害案件;第二是赌博案中尚材为自己提供了原始资金,也应属于同案犯之一;第三是2003年的陈山之死,尚武说是尚材当年授意那名亲戚制造车祸撞死了陈山。

"他之前是我的左右手,知道我的很多事情,他来举报,效果最好,成功的可能性也最大。"尚材说,他从知情人口中得知,堂弟尚武的这封举报信，是一些亲戚用 200 万元"安家费"和出狱之后公司总经理职位的承诺换来的。

"把你搞掉，他们能得到什么好处？"

"你还看不出来吗？只要把我搞进监狱，公司的改革就会停下来。他们接手之后，一切又会回到原来的状态。"

"但他们举报的这些事情你能解释清楚吗？"我问尚材。

尚材没有回应我。

然而事情的发展超出了所有人的预期。省公安厅综合多年来针对尚材涉嫌领导和组织黑恶势力团伙的举报，对此案进行了立案侦查，为保险起见，采取了省厅督办、异地用警的办案措施。

经过不懈努力，尚材当年"资本原始积累"阶段所犯下的罪行被一一查实，他随即被公安机关刑事拘留。那些接手尚材公司的亲戚们，还没来得及"反攻倒算"，就发现自己也已无法脱身了。

"破坏社会主义市场经济秩序""寻衅滋事""故意伤害致人重伤""阻碍执行职务""敲诈勒索""强买强卖"，等等，多达 16 条的罪行不可能是尚材只靠一己之力犯下的，他虽是主犯，但从犯也不能因为举报而免责。

眼看谁也跑不了，亲戚们大惊失色，但很快又陷入无限的内斗之中，相互检举和揭发成为常态，大伙都想依靠举报他人为自己赢得从轻处罚的机会。接着，一些亲戚打着尚材名号犯下的，甚至连尚材本人都不曾知晓的"贩卖、运输毒品""组织、强迫卖淫"等罪行也一一浮出水面。

连那个原本被计划作为尚材入狱后实施"反攻倒算"的"接班人",都因为挖出旧案而被刑事拘留,这下公司乱成一锅粥,几乎到了崩溃的边缘。

"这下好了,公司垮了,人也都'进去'了,以后大家一起喝西北风吧……"尚材最后留下这一句。

尾 声

几天后的案件审理现场热闹非凡,因为涉案人数众多,当地法院要求我们在外围实施安全警戒。

中午,我们照旧目送前来旁听的家属们离开法院,同事轻声对我说感觉情况有些不太对劲,让我做好处理突发事件的准备,因为每个家属脸上都挂满了怒气,人群中还隐隐传来小声的咒骂。

不出所料,一群人刚刚走出法院大门,顿时就乱作一团。远远看去,有人脱下了高跟鞋拿在手中挥舞,有人已经扭打在一起。法院大门口的保安大声喝止,但他的声音很快就被淹没了。

我和同事们赶紧朝大门方向奔跑,同时打电话通知本地路面巡逻人员快来增援。

跑到近前,我才听到有人在叫骂:

"妈的,你家那个畜生举报的是你亲哥哥,他亲舅舅!"

"你们一家婊子养的!为了自己少蹲几年竟然连亲戚都不放过!"

……

声明

为保护文中当事人和当事单位隐私,本书中所有人物及单位名称均为化名,请勿对号入座。